Les Éditions du Boréal
4447, rue Saint-Denis
Montréal (Québec) H2J 2L2
www.editionsboreal.qc.ca

VERS LE SUD

DU MÊME AUTEUR

COMMENT FAIRE L'AMOUR AVEC UN NÈGRE SANS SE FATIGUER, Montréal,
    VLB éditeur, 1985 ; Paris, Belfond, 1989 ; Paris, J'ai lu, 1990 ; Paris, Le
    Serpent à Plumes, 1999 ; Montréal, Typo, 2002.

ÉROSHIMA, Montréal, VLB éditeur, 1991 ; Montréal, Typo, 1998.

L'ODEUR DU CAFÉ, Montréal, VLB éditeur, 1991 ; Montréal, Typo, 1999 ;
    Paris, Le Serpent à Plumes, 2001.

LE GOÛT DES JEUNES FILLES, Montréal, VLB éditeur, 1992. Grasset, 2005.

CETTE GRENADE DANS LA MAIN DU JEUNE NÈGRE EST-ELLE UNE ARME OU UN
    FRUIT ?, Montréal, VLB éditeur, 1993 (épuisé) ; Montréal, Typo, 2000
    (épuisé) ; nouvelle édition revue par l'auteur, Montréal, VLB éditeur,
    2002 ; Paris, Le Serpent à Plumes, 2002.

CHRONIQUE DE LA DÉRIVE DOUCE, Montréal, VLB éditeur, 1994.

PAYS SANS CHAPEAU, Montréal, Lanctôt éditeur, 1996 ; Montréal, Québec
    Loisirs, 1997 ; Paris, le Serpent à Plumes, 1999 ; Montréal, Lanctôt
    éditeur, 1999.

LA CHAIR DU MAÎTRE, Montréal, Lanctôt éditeur, 1997 ; Paris, Le Serpent à
    Plumes, 2000.

LE CHARME DES APRÈS-MIDI SANS FIN, Montréal, Lanctôt éditeur, 1997 ;
    Paris, Le Serpent à Plumes, 1998.

J'ÉCRIS COMME JE VIS. *Entretiens avec Bernard Magnier*, Montréal, Lanctôt
    éditeur, 2000 ; Paris, Éditions La passe du vent, 2000.

LE CRI DES OISEAUX FOUS, Montréal, Lanctôt éditeur, 2000 ; Paris, Le
    Serpent à Plumes, 2000.

JE SUIS FATIGUÉ, Montréal, Lanctôt éditeur, 2001 ; Paris, Initiales, 2001.

Dany Laferrière

VERS LE SUD

roman

Boréal

Les Éditions du Boréal reconnaissent l'aide financière du gouvernement du Canada par l'entremise du Programme d'aide au développement de l'industrie de l'édition (PADIÉ) pour ses activités d'édition et remercient le Conseil des Arts du Canada pour son soutien financier.

Les Éditions du Boréal sont inscrites au Programme d'aide aux entreprises du livre et de l'édition spécialisée de la SODEC et bénéficient du Programme de crédit d'impôt pour l'édition de livres du gouvernement du Québec.

Diffusion au Canada : Dimedia

Catalogage avant publication de Bibliothèque et Archives Canada
     Laferrière, Dany
     Vers le sud
     Publ. en collab. avec les Éditions Grasset & Fasquelle
     ISBN 2-7646-0458-0
     I. Titre.
PS8573.A348V47   2006   C843'.54   C2006-940190-x
PS9573.A348V47   2006

L'APRÈS-MIDI D'UN FAUNE

J'ai dix-sept ans (on me donne facilement beaucoup plus à cause de ma taille et de mon caractère taciturne) et je vis à Port-au-Prince, sur la rue Capois, près de la place du Champ-de-Mars. J'habite avec ma mère et ma jeune sœur. Mon père est mort, il y a quelques années. Ma mère est encore très belle. De grands yeux liquides, des pommettes saillantes et un sourire triste. Une sorte de beauté tragique, très prisée chez les hommes. Mais comme on dit, c'est la femme d'un seul homme. Mon père n'était pas beau (nous avons une grande photographie de lui au salon) mais il était grand et très élégant. Il s'habillait toujours de blanc et changeait de chemise au moins trois fois par jour. On dit que les femmes étaient folles de lui, ce qui désespérait ma mère. Selon ma mère, ce qui distinguait mon père des autres hommes, c'était sa grande sensibilité et un sens aigu des responsabilités. « Ton père est un homme fiable », répétait ma mère chaque fois que j'oubliais de faire une commission. Pour elle, mon père est encore vivant. Elle lui parle tous les jours. Elle le cite à tout propos. Si jamais je rentre un peu tard, un vendredi soir, ma mère ne manquera pas de souligner que j'agis ainsi uniquement parce que mon père n'est pas là. Elle ne dira jamais qu'il est mort. Ma mère parle si abondamment de mon père que j'en viens souvent à penser comme elle. Parfois, vers deux heures de l'après-midi, j'ai l'impression qu'il va entrer dans la maison et, comme il le faisait toujours, lancer son chapeau sur la table.

— Madeleine, j'ai faim.

— D'où viens-tu comme ça? répondait ma mère en souriant.

Et il se mettait tout de suite à table pour dévorer son repas. Personne ne mange plus vite que mon père. Après, il faisait une petite sieste. Il nous était interdit de faire le moindre bruit pendant qu'il se reposait. A cinq heures pile, il franchissait la porte. La maison pouvait vivre de nouveau.

Ma mère refuse d'accepter sa mort, mais je ne pense pas tout à fait comme elle. Parfois, je suis même content qu'il ne soit plus là pour m'empêcher de vivre. De toute façon, mon cas n'est pas différent de celui de mes amis. La plupart n'ont jamais connu leur père (tué, emprisonné ou disparu). Le mien au moins n'est pas mort en prison. Nous avons été élevés par nos mères. Ma mère a perdu son travail quelque temps après la mort de mon père. Elle avait un petit boulot aux Archives nationales, derrière le collège Saint-Martial. Maintenant, elle travaille comme couturière à la maison. Ma sœur a deux ans de moins que moi. Elle fréquente un collège privé très huppé dont la directrice est une cliente de ma mère. C'est uniquement à cause de ce lien que ma sœur a été admise dans cette école chic. Si ma mère a insisté pour que ma sœur aille à cette école, c'est simplement parce qu'elle espère qu'elle se fera « de bonnes relations pour plus tard », comme elle dit. Dans un pays comme Haïti où les riches s'enferment dans leurs maisons luxueuses au flanc des montagnes, c'est uniquement sur les bancs de l'école que nous avons une chance de les côtoyer, nous autres les pauvres, et de tisser des liens avec eux. C'est ce que pense ma mère. De toute façon, contrairement à moi, ma sœur est très douée à l'école. Et malgré nos deux ans de différence, c'est elle qui fait toujours mes devoirs. Partout où elle passe – auparavant, elle fréquentait le lycée de Jeunes Filles –, elle devient rapidement le chouchou des professeurs. Et comme elle est très généreuse, c'est-à-dire qu'elle fait les devoirs de ses camarades, ces derniers ne la jalousent pas. Quant à moi, je n'ai pas honte de le dire, l'école n'est pas mon affaire. De toute façon, je m'ennuie toujours en classe. Honnêtement, je ne vois pas pourquoi on va à l'école. Seuls les pauvres comme nous se cassent la tête pour résoudre des problèmes fictifs qui n'ont rien à voir avec leur vie réelle. Et toutes ces années d'étude, je ne vois pas ce que cela pourrait changer dans leur condition. Est riche celui dont les parents

9

sont riches, tout simplement. Et les parents riches le sont parce que les grands-parents l'ont été. Ainsi de suite. Et quand on arrive à l'origine de cette richesse, il y a toujours quelqu'un qui s'était sauvé avec la caisse publique. C'est ça, Haïti, et ce n'est pas moi qui changerai ce pays. Ma sœur a hérité de l'intelligence de mon père. Moi, j'ai hérité plutôt de sa taille. « Tu seras aussi grand que ton père », me répétait souvent ma mère – et de la finesse des traits de ma mère. J'ai toujours attiré les filles. A l'âge de douze ans, j'ai compris que je pouvais faire ce que je voulais des femmes. C'est comme ça. On n'y peut rien. Les amies de ma sœur me font sans arrêt de l'œil – certaines sont plus audacieuses que d'autres –, mais les filles ne m'intéressent pas. Je préfère les femmes un peu mûres. J'aime les voir perdre la tête. Surtout celles qui sont sérieuses. Depuis quelque temps, je traque une proie de choix : la directrice de l'école de ma sœur. Je m'arrange pour être toujours là quand elle vient voir ma mère pour les essayages. Alors, je ne fais rien. Je sais que c'est une personne respectable, mais j'ai envie de voir son visage intime, sa face cachée, son côté lunaire. Je reste donc là sans bouger. Je sais qu'elle m'a déjà repéré. Je l'ai souvent surprise en train de me regarder du coin de l'œil. Alors, je fais l'innocent. Celui qui ne comprend rien. C'est que j'ai un visage d'ange. Les traits de ma mère. Sauf que ma mère, comme disait mon père, est une sainte. Alors que moi, je suis pourri à l'intérieur. Je suis comme une araignée tapie au fond de sa toile à attendre sa proie.

Ma mère vient de sortir en catastrophe pour visiter une amie malade qui réclame son aide. Elle m'a demandé de l'excuser auprès de Mme Saint-Pierre qui doit arriver vers deux heures de l'après-midi. Ma sœur, elle, est allée préparer les examens du deuxième trimestre chez des amis, à Pétionville. Elle ne sera pas de retour à la maison avant quatre heures. Ensuite, elle doit rejoindre ma mère à l'hôpital du Canapé-Vert. J'ai donc au moins deux heures à ma disposition. Je prends un bouquin de Carter Brown sur la petite étagère. Je tourne les pages machinalement pour passer le temps. Le piège est bien installé. L'attente est le plus dur moment. Je me lève, respire à fond longtemps, avant de sortir dans la cour. Un rat mort près de la cuvette d'eau propre. D'un coup de pied, je l'expédie chez le petit voisin. Il a une dizaine d'années, mais le cerveau d'un enfant de deux ans. Je lui souris et lui fais signe de la main. Il continue à me regarder comme si j'étais une apparition céleste. Peut-être qu'il ne me voit même pas. Une voiture vient de s'arrêter en face de la maison. Deux heures exactement.

C'est une femme ponctuelle. Je vais lui ouvrir la porte.

— Ma mère est allée voir une amie malade.

— Oh! dit-elle d'une voix à la fois grave et musicale, j'espère que ce n'est pas sérieux.

— Je ne sais pas, madame, elle ne m'a rien dit.

— Elle ne vous a pas dit non plus quand elle sera de retour?

— Non, mais je ne crois pas qu'elle tardera.

— Alors, je vais l'attendre un peu.

Donc, elle a décidé de rester.

— Cette chaise n'est vraiment pas solide, madame... Assoyez-vous ici, vous serez plus confortable.

Elle s'assoit sur la pointe des fesses. Une façon de me faire comprendre qu'elle n'est pas dupe de mon petit manège et qu'elle n'a pas beaucoup de temps à m'accorder. Je n'irai pas sur ce terrain avec elle, car je sais déjà que celui qui contrôle le temps domine tout. Je m'assois calmement, en face d'elle. J'ai tout mon temps. Je la regarde droit dans les yeux, ce que je n'avais jamais fait auparavant. Et j'attaque.

— Votre robe vous va très bien, madame.

— C'est vrai que votre mère est une excellente couturière.

Elle aimerait que je précise.

— C'est que le jaune vous va bien, madame.

Ce qui est à la limite de l'insolence. Mais mon visage innocent (des yeux clairs et un sourire si lumineux) me sauve. Elle rougit. Je baisse les yeux. Léger trouble.

— Votre mère est très courageuse, lance-t-elle pour pouvoir reprendre son souffle.

Je dois relancer tout de suite l'attaque.

— Je crois que, d'une certaine manière, toutes les femmes sont courageuses, dis-je en la regardant de nouveau droit dans les yeux.

Et de nouveau, elle rougit. Cette fois-ci, elle commence à comprendre qu'il se passe quelque chose. Je la regarde en souriant. Visiblement, elle ne s'attendait pas à de tels tirs de la part du fils de sa couturière, un garçon aux yeux si sincères et au sourire si candide (c'est ce qu'on dit toujours de moi). Mais je m'entraîne à ce jeu depuis l'âge de douze ans. Si je m'entraînais au tennis ainsi, je participerais aux différents championnats mondiaux. J'adore le tennis, mais ça coûte trop cher. Je peux passer des heures à regarder des matchs interminables derrière le grillage vert du Cercle Bellevue. Mme Saint-Pierre me regarde sans sourire. Elle semble avoir compris quelque chose. Ce qu'elle a compris ? C'est que, malgré son air intimidant et sa fonction sociale (directrice d'une prestigieuse école), je n'ai aucunement peur d'elle. Non seulement je n'ai pas peur d'elle, mais je suis en train de jouer avec elle au chat et à la souris. Vexée, elle se redresse sur sa chaise, reprenant du coup ce visage sévère qu'elle affiche généralement pour intimider les parents d'élèves. Mais c'est déjà trop tard. A ce jeu, il n'y a pas de seconde chance. Un long moment de silence. On se regarde. Elle, furieuse. Moi, calme.

— Je ne pense pas que je pourrai attendre plus longtemps... Vous direz à votre mère que je suis passée...

— Bien sûr, dis-je sans me lever.

Elle reste debout, un moment, au milieu de la pièce, les bras ballants.

Comme désemparée.

— Dites-lui que je suis passée, répète-t-elle tout en se dirigeant vers la porte.

13

Sa nuque.

Je me lève promptement. Comme un tigre dans la jungle urbaine. Elle hésite un quart de seconde. Au moment où sa main se pose sur la poignée de la porte, je m'approche d'elle et lui effleure la nuque. Elle s'arrête net. Je ne bouge pas. Je regarde sa mâchoire se contracter. Sa main serre fortement la poignée de la porte. Son corps se raidit. Alors, du bout des doigts, je lui fais une seconde caresse encore plus légère que la précédente. Il y a eu ce cri si aigu que je ne peux jurer d'avoir entendu. Nous les chasseurs, nous aimons bien ce moment où la bête, à portée de fusil, semble attendre le coup fatal.

La tuer tout de suite ou la laisser partir. On hésite. Le pouvoir absolu. Je lui fais un léger baiser dans le cou.

— Ne vous inquiétez pas, madame Saint-Pierre, je dirai à ma mère que vous êtes passée.

Elle trouve la force de tourner la poignée de la porte, et part comme une somnambule. Légèrement cassée à la taille, les yeux un peu hagards, elle s'enfuit. Je la regarde par la fenêtre monter dans sa voiture. On peut dire qu'elle n'ira pas loin.

*

Ma mère est arrivée en coup de vent, juste après le départ de Mme Saint-Pierre. J'ai bien fait de ne pas pousser l'affaire plus loin.

— Mme Saint-Pierre vient de partir.

— Lui as-tu dit que j'étais allée voir une amie malade?

14

— Oui, maman.

— A-t-elle attendu longtemps ?

— Une vingtaine de minutes.

— Oh mon Dieu ! C'est une personne très occupée, mais je ne pouvais pas laisser tomber Chimène... Sais-tu qui elle est au moins ?

— Bien sûr... C'est la directrice de l'école de Maryse.

— Ah, tu le savais ! Ça m'étonne ! Tu as l'air tellement ailleurs...

— Je sais beaucoup plus de choses que tu ne crois, maman.

— Ah bon... Tu as été courtois avec elle au moins ? C'est une grande dame. Ton père, lui, savait comment se comporter avec les dames. Il avait de belles manières... Je te parle ! As-tu été gentil avec Mme Saint-Pierre ?

— Oui, maman.

— Tu comprends, Fanfan, c'est grâce à elle si ta sœur peut fréquenter cette école. C'est une vraie chance pour nous que Maryse aille à cette école... Bien sûr, si ton père était là, cela aurait été différent, mais il n'est pas là et je dois me débrouiller toute seule. Heureusement qu'il m'avait acheté cette machine à coudre Singer, sinon je ne sais pas comment j'aurais pu faire. Mme Saint-Pierre est une providence pour cette maison, et c'est sûrement ton père qui nous l'a envoyée. Où qu'il soit, je sais qu'il s'occupe de nous...

— C'est pour ça que tu passes la nuit à coudre les robes de Mme Saint-Pierre sans être payée...

15

Ma mère se tourne vivement vers moi.

— Comment sais-tu cela ? Mêle-toi de ce qui te regarde, jeune homme, si tu veux pas recevoir une bonne paire de gifles.

— Mais cette femme t'exploite, maman.

— Que sais-tu de la vie pour me parler ainsi ? Ferme ta gueule ou attends au moins que tout le lait de l'enfance te soit sorti du nez avant de donner une opinion sur quoi que ce soit dans cette maison... Tu m'entends ?

Je me lève pour me placer plus près de la porte, prêt à filer en cas d'explosion. Ma mère est une personne d'ordinaire calme, mais elle est assez imprévisible dans ses colères.

— Je dis ce que je vois, maman. Cette femme t'exploite.

— Sans Mme Saint-Pierre, Maryse n'aurait jamais pu fréquenter cette école.

— Je ne vois pas de différence avec le lycée de Jeunes Filles. Ici ou ailleurs, elle passera son baccalauréat les yeux fermés.

— Qui parle de baccalauréat ? hurle ma mère. Je parle des gens qu'elle rencontre à cette école grâce à Mme Saint-Pierre. Alors, si je peux lui rendre service...

— Mais maman...

— La discussion est terminée !

Elle s'avance vers moi. Ce petit bout de femme (ma mère est beaucoup plus petite que moi) m'intimide plus que n'importe qui. Je n'ai jamais rencontré quelqu'un avec plus de volonté et de courage.

— Même si je dois me tuer sur cette machine à coudre, vous terminerez vos études dans de bonnes écoles. Comme le voulait votre père.

Elle me regarde droit dans les yeux tout en parlant. Des yeux de feu. Mme Saint-Pierre est une Française arrivée à Port-au-Prince il y a si longtemps, je suppose avant ma naissance, qu'elle semble avoir bien digéré aujourd'hui toutes les règles brutales de la bonne société haïtienne. Je suppose qu'elle a dû juger sévèrement, au début, notre bourgeoisie si impitoyable envers ceux qui n'ont ni argent, ni nom, ni pouvoir. Aujourd'hui elle est devenue un membre influent de ce cercle doré. De toute façon, notre système vient de l'esclavage, donc du colon. Voilà pourquoi certains Européens nagent avec une telle aisance dans la vase haïtienne. Ça se voit que je n'ai raté aucun cours de notre prof d'histoire, maître Zamor, avec son vocabulaire si coloré et son ton passionné. C'est le seul cours que j'ai suivi d'ailleurs jusqu'au bout. Faut dire que j'ai toujours été fasciné par les rapports sociaux. Le pouvoir, l'argent et le sexe, disait mon prof d'histoire, voilà le trio infernal qui mène les hommes. Quand vous comprendrez cela, messieurs, vous aurez tout compris. Et l'amour ? Écoutez, on parle de choses sérieuses ici, lançait-il alors de sa voix tonitruante.

*

Ma sœur arrive et va s'installer dans le fauteuil, près de la fenêtre.

17

— Je suis épuisée, dit-elle en regardant vers le plafond.

— Va prendre une douche, chérie, dit ma mère.

— Ça ne passera pas ma faim.

— Tu n'as rien mangé là-bas ? je lance.

— Oh, ils m'ont offert toutes sortes de choses, mais j'ai dit que je n'avais pas faim...

— C'est de l'orgueil mal placé, Maryse. Tu vas aider ces gens à faire leurs devoirs.

— On travaille ensemble...

— Ne me raconte pas d'histoire, Maryse, tu passes ton temps à aider ces gens à faire leurs devoirs.

— Je te dis qu'on travaille ensemble.

— Ne te fous pas de ma gueule, Maryse, tu vas là-bas pour les aider. Tu n'as même pas besoin de professeur pour comprendre ces problèmes.

— Oui, mais j'ai besoin d'amis.

— Si ce sont réellement des amis, alors pourquoi tu ne manges pas chez eux ?

— Justement, je ne veux pas qu'ils croient que j'ai un intérêt quelconque en allant les voir. Pourquoi refuses-tu de comprendre, Fanfan, que ce sont simplement des camarades de classe ? Qu'ils soient riches ou pauvres, les amis sont des amis. D'ailleurs, ils ne m'ont jamais fait sentir qu'ils étaient plus riches que moi. J'ai déjà prêté de l'argent à Marie-Christine.

— C'est du théâtre, Maryse. Quand la récréation sera terminée, je veux dire à la fin du baccalauréat, chacun rentrera dans sa classe sociale.

Elle me lance ce long regard de côté.

— Tu ne vois que ça, toi. Parfois, j'ai l'impression que tu es déjà amer. Pourtant, je ne vois pas pourquoi tu le serais. Tu n'as rien à envier à personne.
— Dis plutôt que je ne me laisse pas avoir.
— Ça t'avance à quoi de détester ainsi les gens ?
— Mais non, ce n'est pas ça... Qu'est-ce que tu racontes, là ? Tu parles comme n'importe qui maintenant...
— C'est quoi alors ? jette-t-elle avec sa caractéristique moue dédaigneuse.
— Je veux simplement savoir dans quel monde je vis, Maryse. Je veux comprendre comment ça marche... Je suis sûr qu'il y a un truc, et je veux le découvrir. C'est tout.

Ma mère arrive au même instant avec un immense plat de maïs moulu et une large tranche d'avocat qu'elle dépose sur la table en repoussant les catalogues et les tissus.

— Maman, tu préfères payer un loyer très cher pendant qu'on crève de faim plutôt que d'aller habiter à la rue Tiremasse où nous pourrions, pour une fois, faire un peu d'économies.

— Qui va habiter à la Tiremasse ? lance ma mère sur un ton plein de dédain. Écoute, Fanfan, si je descends, ne serait-ce qu'une rue plus bas, je n'aurai plus de clientes. Tu crois que mes clientes vont me suivre dans un quartier douteux ? Déjà à l'avenue Magloire-Ambroise, elles ne viendront pas. Elles auront trop peur pour leur voiture. Et puis tous ces détritus, toute cette boue, cette odeur nauséabonde...

19

Devine qui j'aurais comme clientes, des gens qui me proposeront huit gourdes pour un corsage. (Un temps...) Et puis, ton père ne voudrait pas.

— Mon père est mort, maman.

— Il mourra quand je l'aurai décidé, jette-t-elle en se retournant vivement vers moi.

— Peut-être que je devrais chercher du travail, maman ?

— Non, tu n'iras pas travailler. Tu iras à la faculté de droit comme ton père le voulait.

— Mais maman, mon père est mon père, et moi je suis moi... Ça fait deux personnes.

Elle me regarde fixement comme si elle voyait quelque chose ou quelqu'un à travers moi.

— C'est que tu parles exactement comme lui, lâche-t-elle d'une voix blanche.

— D'accord, vous avez gagné. Je vais faire un tour.

— Où vas-tu ? me demande ma mère d'un ton anxieux.

— Je vais au Rex Café.

— Vas-tu rentrer tard ? Les chiens sont lâchés dans les rues ces jours-ci...

— J'ai pas peur des tontons-macoutes, moi... C'est eux qui ont peur de moi...

— Fais attention !

— Il plaisante, maman... Laisse-le s'en aller, maman, lance ma sœur en me faisant un clin d'œil complice, on sera mieux entre femmes.

De l'air !

Je vais voir Gérard, le gardien du musée, qui me doit de l'argent. Deux ou trois personnes traînent encore dans la grande salle. Je n'arrive pas à comprendre l'idée de passer des heures à regarder des toiles accrochées sur un mur blanc. Ça me prendrait à peine cinq minutes, et là j'exagère encore. Ces gens n'ont donc rien à faire. Je sais que la vie peut être déprimante quelquefois, mais à ce point-là... Chico me fait signe de venir le retrouver au Rex Café. Je traverse la rue dans sa direction. Les gens me croisent sans me voir. Pressés de rentrer chez eux. Pour quoi faire? Je préfère crever maintenant plutôt que d'accepter une telle vie merdique. Rien ne bouge. La vie immobile. J'entre au Rex Café. Le vieil Hindou est encore derrière le comptoir. C'est là qu'il compte crever, celui-là. Je commande deux hamburgers et un jus de grenadine. Il me reste à peine trois gourdes. Chico veut lui aussi un jus de grenadine. Je lui refile mes trois dernières gourdes. Me voilà de nouveau à sec.

— Simone était là tout à l'heure. Elle vient juste de partir.

Je hausse les épaules.

— Toi, me lance Chico, comment fais-tu pour les rendre ainsi folles de toi? C'est pas croyable! Elle était dans tous ses états. Je connais Simone depuis très longtemps, et je peux te dire que c'est la première fois que je la vois comme ça... Elle t'a rencontré la semaine dernière, et depuis on dirait une droguée en manque... Dis-moi ce que tu fais et que je ne fais pas. Parle, maître, et j'agirai selon ta volonté...

Rires.

— Tu veux vraiment savoir ?

— Bien sûr...

— Ton problème, Chico, c'est que tu parles trop.

— Hé ! Qu'est-ce que je suis supposé faire ? Me déshabiller peut-être ?

— Te taire.

— Mais si je me tais, Fanfan, elle partira.

— Tu n'as pas encore essayé.

— Ça m'a l'air trop risqué.

— Elle va rester un moment silencieuse, et si elle voit que tu ne bouges pas, elle parlera... Et si elle ouvre la bouche la première, on peut dire que la moitié du chemin est fait.

— Je me connais, Fanfan, elle partira si je me tais...

— T'as raison.

Il me regarde d'un air hébété.

— C'est tout ce que tu trouves à me dire !

— Écoute, Chico, chacun son métier. Toi, t'es un confident et non un amant. Les filles aiment te parler. Tu les rassures. Des fois, je t'envie même.

— Tu te fous de ma gueule, salaud.

— T'as raison... Si on allait chez Denz écouter de la musique.

Denz a toujours un truc nouveau. Il vient de recevoir un disque de Volo Volo, un nouveau groupe basé à Boston. Les gars ont vraiment fait du bon travail. Chaque pièce musicale apporte quelque chose de neuf. Je les trouve aussi bons que Tabou. Pour Denz, Tabou c'est Tabou.

— Écoute, Fanfan, j'admets que c'est un bon disque, excellent même, mais Tabou a déjà fait une douzaine de disques aussi bons. C'est toujours la même chose, dès qu'un truc nouveau arrive, vous vous excitez comme des puces. Relax, man.

Denz est un peu plus âgé que Chico et moi. On le surnomme The Godfather. Il adore Marlon Brando. Il a vu le film de Coppola à peu près une douzaine de fois. Mais il n'y a que la musique qui l'intéresse. Il ne sort presque jamais de chez lui. Portes et fenêtres closes. Il passe ses journées à écouter de la musique dans le noir. Les gens (des musiciens surtout) viennent le voir de partout. Quelquefois, des filles de Pétionville aussi. Tout le monde pense qu'il est un génie. Ça n'a pas l'air de trop le déranger. Du moment qu'il peut écouter de la musique sans trop se faire chier.

— Écoute, Fanfan, j'ai écouté ce disque plus d'une dizaine de fois, et je te dis que c'est très bon, mais pour savoir s'ils ont quelque chose dans le ventre, j'attendrai au moins une demi-douzaine de disques. Tu comprends, moi, c'est la durée.

On frappe à la porte. Denz va ouvrir.

— Salut, Denz !

C'est Simone. Elle passe tout droit sans même nous regarder.

— Denz, je peux te parler ? dit-elle en se dirigeant vers la petite chambre du fond.

Denz nous fait une mimique pour dire qu'il ignore de quoi il s'agit. Il la suit tout de même. Ils restent dans la chambre une bonne vingtaine de minutes. Finalement, Denz revient sur les derniers accords de Volo Volo.

— Écoute, Fanfan, c'est à toi de régler ce problème.

— Qu'est-ce qui se passe ?

— Il paraît que Minouche est allée insulter Simone jusque chez elle. Cette fois-ci, j'ai l'impression que tu es dans de beaux draps. Va la voir, elle t'attend.

— C'est du théâtre, Denz. Simone te fait marcher.

Denz hausse les épaules.

— Je ne connais rien aux femmes, tu sais ! Va t'expliquer avec elle, et laisse-moi écouter ma musique. J'aimerais quand même savoir comment tu feras pour t'en sortir, juste pour le plaisir.

— Denz, Fanfan s'en fout, lance Chico, ça lui fait même plaisir qu'elles se battent pour lui.

— Chico ! Chico !

On l'appelle de la chambre. Chico se lève promptement. Je le soupçonne d'être amoureux de toutes les filles avec qui j'ai un rapport. Il va la voir, et revient tout de suite.

— Elle veut te voir.

— Pourquoi elle ne m'appelle pas? Elle a appelé Denz. Elle t'a appelé aussi... Je n'irai pas tant qu'elle ne m'appellera pas.

— Elle n'arrive tout simplement pas à dire ton nom à haute voix. J'ai l'impression qu'elle a peur de quelque chose... N'est-ce pas ce que tu voulais?

— Va te faire foutre, Chico, dis-je en me levant.

Elle est assise tout au fond de la chambre.

— Qu'est-ce qu'il y a, Simone?

Elle garde la tête baissée.

— Si tu ne me réponds pas, je m'en vais.

Elle relève la tête. Les yeux pleins de larmes.

— Pourquoi me fuis-tu?

— Où est-ce que tu prends ça? Je t'ai vue lundi.

— Lundi! Tu ne trouves pas que ça fait une éternité!

— On est jeudi, Simone, ça fait juste trois jours, même pas...

— Ça fait trois jours que je ne sais plus où je suis ni qui je suis, ni ce que je fais.

— Tu vas à l'école tout de même?

— Non.

Elle me regarde droit dans les yeux. Le visage nu.

— Est-ce que je peux te voir?

— Mais je suis devant toi, Simone.

— Pas ici.

— Pourquoi?

Elle baisse la tête.

— J'ai envie de toi, Fanfan, j'ai envie d'être seule avec toi un moment. J'aimerais que tu ne sois qu'à moi, au moins pendant une heure... Est-ce trop demander?

— Non, mais ce sera ici.

Je suis resté une heure avec elle dans la petite chambre. Elle n'arrêtait pas de pleurer tout en me serrant fortement la main. De temps en temps, elle appuie sa tête contre mon épaule tout en me caressant la paume de la main gauche. Puis brusquement, elle se met à me regarder fixement comme si elle me voyait pour la première fois, avant de me ficher un baiser au coin de l'oreille. C'est ça son idée du bonheur. Finalement, l'heure a passé. Je suis rentré à la maison. Et Chico l'a accompagnée chez elle. J'imagine de quoi ils ont parlé durant le trajet.

*

Ma mère est en train de coudre, au milieu de la nuit.

— Tu devrais aller te coucher, maman.

— Non, chéri, je dois finir cette robe que Mme Saint-Pierre viendra chercher demain.

Je me suis endormi avec le bruit régulier de la machine à coudre. Comme chaque nuit d'ailleurs.

*

J'étais encore dans la chambre, couché sur mon lit étroit, en train de lire un bouquin sur le jazz que Denz m'avait passé, quand Mme Saint-Pierre est arrivée.

— Oh! Madeleine, tu l'as déjà terminée.

26

— J'ai travaillé toute la nuit là-dessus, dit simplement ma mère.

— Je suis désolée. Tu n'aurais pas dû. Tu dois être morte de fatigue maintenant.

— Je travaille toujours autant... J'ai de grands enfants qui me coûtent très cher et je suis seule à les élever.

— Je sais. Maryse est avec nous. Une intelligence rare. Oh! Quelle magnifique robe! Tu es vraiment une couturière hors pair, ma chère...

— Mais tu ne l'as pas encore essayée.

— Je te fais confiance, Madeleine, je sais bien qu'elle m'ira à ravir.

De mon lit, j'écoute ce bavardage d'une oreille distraite.

— Je peux te parler, Madeleine? dit soudain Mme Saint-Pierre d'une voix presque rauque.

— Je t'écoute...

J'écoute, moi aussi, avec une certaine inquiétude. Peut-être que je suis allé trop loin et qu'elle va se plaindre à ma mère de mon comportement. Dans ce cas, mieux vaut m'habiller sans perdre une seconde et filer par la porte qui donne sur la cour. Ma mère ne me pardonnera jamais de lui avoir fait perdre l'amitié de Mme Saint-Pierre, même si elle sait que c'est une relation superficielle. Pour ma mère, Mme Saint-Pierre tient dans sa main l'avenir de Maryse. Merde! Qu'est-ce qui m'a pris de m'attaquer à un si gros morceau? On peut toujours s'amuser avec Simone ou Minouche, mais Mme Saint-Pierre est une femme mûre. Et en plus une bourgeoise de Pétionville. Sur le moment elle a dû être impressionnée, mais arrivée chez elle, quand elle a pu reprendre ses esprits, elle a dû comprendre qu'elle s'était fait avoir par un freluquet bien impertinent. C'est ce que je suis! Merde! Merde! Merde! Et merde! Maintenant, le piège se referme sur moi. Je vais être obligé de quitter ce nid douillet pour la jungle de la rue. Et je ne sais même pas quand je pourrai revenir à la maison. Ma mère va vouloir m'égorger. Mme Saint-Pierre va sûrement trouver une bonne raison pour renvoyer Maryse de l'école. Toutes les veilles de ma mère sur la machine à coudre n'auront servi à rien. C'est vrai que je suis un con. Un vrai. Il y a à peine dix minutes, j'étais couché là, peinard, m'apprêtant à me lever pour aller déjeuner, vers onze heures à peu près, comme je fais toujours le samedi matin, et me voilà maintenant chien galeux. Merde! Où est-ce qu'il est passé, ce pantalon de merde?

— Qu'est-ce que tu veux me dire, madame Saint-Pierre?

— Je ne sais pas si ça va te choquer, mais j'ai envie d'une robe courte.

— Courte comment?

— Au-dessus du genou. Je veux me faire couper les cheveux très courts... Que penses-tu de ça, Madeleine?

— Je trouve ça très bien de changer de style quelquefois.

— C'est la première fois... Je ne sais pas ce qui m'arrive. On dirait que je deviens folle.

Le rire joyeux de Mme Saint-Pierre suivi d'un long silence.

Quant à moi, j'en avais assez entendu. Comme j'étais déjà habillé, je suis sorti, sans faire de bruit, par la porte arrière.

*

Quelques heures plus tard, au Rex Café, j'écoute d'une oreille distraite les jérémiades de Minouche.

— La prochaine fois que je rencontre cette salope, tu peux être sûr que je lui arracherai les yeux.

— Qu'est-ce que tu as contre Simone?

— C'est une petite snob... Elle se prend pour une intellectuelle parce qu'elle a lu trois bouquins, cette salope... Je sais ce que je vais faire, je vais la déshabiller complètement devant tout le monde, mais elle risque d'aimer ça, cette espèce de lesbienne.

— Vas-tu arrêter d'être vulgaire gratuitement? Tu n'impressionnes personne, Minouche.

— Écoute, Fanfan, tu m'as connue comme ça, et je n'ai pas changé...

— Tu t'énerves pour rien.

— Comment pour rien! Cette salope est venue devant chez moi m'insulter. Une chance que je n'étais pas à la maison, je lui aurais arraché la langue.

— Termine ton hamburger. D'ailleurs, c'est toi qui es allée chez elle.

— Qu'est-ce que tu as à me parler comme ça? Tu couches avec elle? Quelle question! Bien sûr que tu couches avec elle... D'ailleurs, tu couches avec tout le monde. As-tu essayé avec les animaux, parce que ça m'étonnerait que...

— Ça suffit, Minouche!... Ah! voilà Chico...

— Celui-là, je ne peux pas le sentir avec sa tête de fouine. Il n'attend qu'une chose...

— Doucement, c'est un ami...

— Un ami! laisse tomber Minouche avec dédain. Tout ce qu'il espère c'est que tu lui refiles les filles après usage. On dirait un chien qui attend l'os de son maître. Au fond, ce qu'il aimerait vraiment, c'est que tu l'encules.

— Tu dis n'importe quoi.

— Moi, j'appelle un chat un chat.

Chico vient s'asseoir à notre table.

— Salut, Minouche, lance-t-il tout sourire.

Minouche, sans desserrer les dents, ramasse son livre de maths et s'en va.

— Celle-là, on peut dire qu'elle te déteste...

— Qu'est-ce qu'elle a? demande Chico sans trop attacher d'importance à sa propre question.

— Ça la fait chier que Simone ait plus de classe qu'elle, c'est tout.

— Bon, tu viens, Fanfan, je vais à Turgeau voir mon oncle qui m'avait promis un peu d'argent...

— Je n'ai pas envie de grimper la pente de Turgeau pour cinq gourdes.

— Non, lance Chico en riant, c'est pas comme l'autre, lui, il est généreux. C'est le jeune frère de ma mère. Il travaille à la Téléco.

— Je ne te demande pas son curriculum, Chico... Combien penses-tu avoir?

— Pas moins de vingt gourdes... Peut-être plus...

— Allons-y alors...

*

Tout de suite après la boulangerie Au Beurre Chaud.

— C'est bizarre, dit Chico, c'est la troisième fois que cette voiture nous croise en moins de cinq minutes.

— Je n'ai rien remarqué.

La Mercedes s'arrête un peu plus loin.

— Je vais aller voir, jette Chico.

— Laisse, Chico, je vais y aller... Je sais qui c'est... On se retrouve ce soir au Rex Café?

— D'accord... Toi, un jour, ajoute Chico, tu vas te retrouver dans des histoires.

— Au Rex Café, vers huit heures.

— Ciao! lance Chico avant de tourner au coin de la rue.

Je monte dans la voiture, une Mercedes neuve qui démarre sur les chapeaux de roue. On prend tout de suite la route de Pétionville. Elle conduit d'une main sûre (des gants noirs), mais on peut tout de même sentir qu'elle est nerveuse. La veine de sa tempe droite. Pas un mot. Elle garde les mâchoires serrées. La voiture file sur la route cahoteuse. Elle tient vraiment bien la route. Tout est propre, sobre et luxueux. Parfum discret. La vraie classe, quoi! Elle regarde fixement droit devant elle. Peut-être va-t-il pleuvoir? Il pleuvine déjà. Des myriades de très fines lances frappent le pare-brise. Sans qu'elle s'en rende compte, j'inspecte la voiture de fond en comble. Du moins tout ce qui se trouve dans mon champ de vision. Que vois-je ? Une fourmi qui se promène tranquillement sur le tableau de bord. Elle passe devant moi. J'allonge la main et je l'écrase. Pas de témoin. Je regarde calmement le paysage défiler : les maisons, les gens, les arbres. On arrive à Pétionville. La route est légèrement mouillée et très escarpée à certains endroits, mais cette voiture roule si confortablement que je ne sens aucun danger. Le calme plat. Je prends tellement plaisir à être dans cette bagnole que j'en ai presque oublié la présence de Mme Saint-Pierre à mes côtés. Toujours nerveuse. Voici Kenscoff. Dans les hauteurs de Pétionville. On est loin de la chaudière de Port-au-Prince. Ici l'air est plus pur. La Suisse sans la neige. Je me sens complètement ailleurs. Dans un autre monde. C'est un monde que l'on ne conquiert ni par le travail ni par les études. Ni même par l'argent. Ceux qui ont pu s'établir ici font barrage aux nouveaux. Leur unique ennemi, c'est la surpopulation. Et la montagne, le refuge ultime. La voiture prend brusquement un virage à gauche, empruntant une route très accidentée qui débouche sur un chemin de terre. Aucune maison dans les environs. Un endroit parfait pour un crime. Malgré le fait que la voiture se soit complètement immobilisée, Mme Saint-Pierre garde les mains vissées au volant. Je la regarde du coin de l'œil. Elle va parler, puis se ravise au dernier moment. Le menton pointé vers le ciel déjà étoilé, ce ciel si bas qu'on a l'impression de pouvoir attraper une grappe d'étoiles simplement en allongeant la main. Le front soucieux de Mme Saint-Pierre. Deux plis au coin de la bouche. Je ne bouge pas, j'attends. Le temps est de mon côté. Un hurlement dans la nuit. De nouveau, le silence. Soudain, le regard de Mme Saint-Pierre devient presque vitreux. Son souffle, plus court. Elle tente de se calmer en posant ses mains à plat sur le volant.

— Je ne veux pas...

Son visage se ferme de plus en plus.

— D'abord, tu aurais pu être mon fils...

Un temps plus bref.

— C'est ça : tu aurais pu être mon fils, dit-elle d'un ton décidé.

Elle se tourne vers moi. Ce regard d'une insoutenable douceur. Comme un appel à l'aide.

— Ensuite? dis-je d'un ton neutre.

— Ensuite...

Elle ne termine pas la phrase. Sa tête doit être en feu en ce moment. Elle baisse les yeux, puis relève lentement la tête. La masse de cheveux noirs change de côté. Une expression de parfait étonnement sur le visage. La bête est blessée sans même savoir où elle a été atteinte. Au sexe ou au cœur?

— Je ne veux pas, dit-elle dans un souffle.

Je m'écarte d'elle le plus possible, m'adossant carrément à la portière. Ce qu'elle doit interpréter comme une fuite. Légère panique dans ses yeux. Me fait-elle peur ? Ses yeux m'interrogent sourdement. Est-ce son âge ? Son parfum ? Ses mains ne me plaisent-elles pas ? Ce qu'elle ne sait pas, c'est que je ne veux pas la prendre. C'est elle qui doit se donner. Subitement, je change de statut. Je deviens la proie. Elle s'approche de moi. Un peu hésitante. Son buste penché vers moi. Et calmement, elle déboutonne ma chemise. Ses yeux luisent dans la pénombre. Une lune ronde. Elle me touche du bout des doigts comme si j'étais une relique sacrée. Puis sa bouche suit. Je me laisse faire. Elle commence par me lécher avec la pointe de sa langue. Comme pour me goûter. Le sel de la peau. Puis c'est avec toute la bouche. Sa grande bouche carnivore. Mon torse devient luisant de salive. Un temps d'arrêt. Un cri rauque. Une bouche tordue de désirs trop longtemps retenus. Et je n'entends plus que cris, gloussements, chuchotements. Une sorte de curieux sabir fait uniquement d'onomatopées, d'interjections, de borborygmes. Puis ce hurlement de bête blessée. Cri interminable au sommet. Et elle tombe.

Dix minutes plus tard.

— Seigneur ! dit-elle dans un souffle. Qu'est-ce que c'était ?

*

La route du retour est moins longue. Aucun mot n'est échangé dans la voiture. Moi, silencieux comme toujours. Elle, la tête dans un monde auquel je n'ai pas accès. Malgré le tumulte qui l'agite, elle garde une certaine élégance. Je regarde de biais ses longues jambes racées. À la sortie de Pétionville, elle dit simplement :

— Si Madeleine apprend cela, elle ne me le pardonnera jamais.

Je ne dis rien. Je ne crois pas non plus qu'elle cherche à me dissuader d'en parler à ma mère, ou quoi que ce soit du même genre. Elle me semble une femme courageuse, capable de faire face à ses responsabilités. Peut-être veut-elle simplement me faire savoir qu'elle prend sur elle tous les torts ? Pauvre Mme Saint-Pierre.

Elle ne sait pas que cette ville a changé.

— Où veux-tu que je te dépose ? me demande-t-elle d'une voix très douce, presque soumise.

— Au Rex Café.

— Je t'y ai vu cet après-midi.

La voiture tourne à gauche, longe le Palais national pour prendre la rue Capois, ensuite tourne à droite pour s'arrêter juste en face du Rex Café.

— Au revoir, madame Saint-Pierre.

— Veux-tu m'appeler Françoise ?... Ça me ferait vraiment plaisir...

J'ouvre la porte. Elle me retient par le bras, tourne mon visage vers elle et m'embrasse longuement.

— Ça te plairait si je me faisais couper les cheveux ?

Un pli d'anxiété au coin de sa bouche.

— Oui, je fais.

Elle sourit. Je descends enfin, et la voiture démarre.

*

J'entre dans le bar. Chico est seul dans un coin, en train de feuilleter un magazine. Je me dirige vers lui. Il lève la tête au dernier moment.

— Foutu... Mon oncle n'était pas là. La déveine! Et toi? Comment ça s'est passé avec la bourgeoise?

— La prochaine fois, elle paiera.

— Bon, je vais pouvoir m'acheter une paire de chaussures, dit tranquillement Chico.

De nouveaux clients arrivent. La séance de neuf heures vient de se terminer au cinéma Rex, à côté. La radio joue un nouveau truc.

— Jamais entendu ce type! dit Chico. Il a l'air bien...

L'animateur vient de dire son nom : Dodo.

— Dodo! Je ne connais pas de Dodo. D'où est-ce qu'il sort, celui-là?

— Denz doit sûrement le connaître....

— Moi, je rentre.

NICE GIRLS DO IT ALSO

A la dernière minute, Christina change d'avis et décide de rester à la maison pour se reposer. Durant tout l'après-midi, elle ne s'était pas sentie bien. Remarque, ça ne peut être qu'un début de grippe, mais elle n'a pas envie de sortir dans cet état. Des fois, elle a l'impression d'avoir froid jusqu'aux os (et cela dans un pays tropical). Depuis qu'elle est arrivée à Port-au-Prince, sa plus grande peur, c'est d'attraper la malaria. Elle sait ce qu'elle va faire. Elle va se préparer un bon grog (rhum, citron, sucre), et elle se mettra au lit avec le dernier roman de John Le Carré. Elle aime son humour froid et raffiné. Elle sait maintenant comment elle passera sa soirée. Harry ira seul chez les Widmaier.

— Tu es sûr que ça ne te dérange pas que je reste, chéri?

— J'aurais préféré que tu m'accompagnes, mais si tu ne te sens pas bien, chérie... Je vais faire acte de présence, et je rentrerai le plus tôt possible.

Elle savait que Harry n'avait pas l'intention de quitter la soirée avant le départ de la « dernière femme intéressante », c'est-à-dire une femme avec des fesses rebondies et des lèvres charnues. Disons que Harry a un faible pour les jeunes femmes haïtiennes qu'on retrouve immanquablement dans les soirées chez les Widmaier. Mais Christina n'est pas jalouse et Harry n'est pas un imbécile. Il aime bien rentrer chez lui. Si Harry fantasme sur les négresses, c'est son affaire. D'une certaine manière, ça ne regarde que lui. Christina, il faut le dire avec tout ce que cela implique, est une brunette née de parents juifs new-yorkais. Elle adore Woody Allen et son écrivain préféré (à part Le Carré), c'est Philip Roth. C'est dire qu'elle apprécie l'humour et nourrit un sens assez désespéré de la vie. Elle a suivi Harry ici, et s'est retrouvée avec un poste de professeur de littérature contemporaine à la Union School. Harry travaille à l'ambassade américaine en qualité d'attaché culturel. C'est un type mince (assez musclé) au front proéminent, ce qui lui donne un vague air de tueur sadique. Par contre ses yeux sont vifs et sa bouche gourmande. On ne peut pas vraiment le définir. Quant à Christina, elle est un peu sèche, sans lèvres ni fesses, mais très intelligente et bourrée d'énergie. Chose curieuse, elle plaît aux hommes. Dans les soirées, elle ne manque jamais d'admirateurs. Mais elle préfère de loin les conversations intellectuelles à la baise primitive. Pas facile d'expliquer ça à un homme en érection. Alors elle évite autant que possible les soirées mondaines, qui ne sont, soyons honnêtes, que des prétextes pour boire et draguer. Surtout depuis qu'un type soûl a pincé les fesses de June. June est leur fille de dix-sept ans, née à Manhattan. Ce nom, June, ne lui va pas. Harry l'a ainsi prénommée à cause de ce personnage de Henry Miller qui l'a profondément marqué. Une sorte de femme fatale qui aurait fait connaître tous les enfers à Miller. Et tous les paradis aussi. La fille de Harry n'a rien de cela. C'est une beauté classique. Un ovale parfait, comme on disait parfois. Ses professeurs l'adorent. Elle est si douée qu'elle suit ses cours en français – une langue qu'elle ne connaissait pas avant de venir à Port-au-Prince – et réussit admirablement. June n'élève jamais la voix. Toujours calme. On la retrouve régulièrement dans sa chambre en train de travailler ou d'écouter de la musique. A force de l'inviter sans succès à leurs surprises-parties, à Kenscoff ou à La Boule, ses amies ont fini par rayer son nom de leur liste. Parfois, Christina se demande avec une inquiétude croissante si sa fille n'est pas en train de devenir sous ses yeux une nonne. Au début, c'était une plaisanterie qu'elle partageait avec Harry, maintenant cela commence à devenir sérieux. Au point que c'est Christina qui va à la chasse pour sa fille.

— June, sais-tu qui j'ai rencontré aujourd'hui?

— Hansy.

— Comment l'as-tu deviné?

— Je te connais, maman. Tu me parles de lui depuis une semaine, je savais que tu finirais par l'accrocher.

Christina prend une courte inspiration.

— Crois-tu que j'ai bien fait de l'inviter à venir faire une partie de badminton samedi prochain?

— Maman, j'ai un examen lundi.

— Mais, ma chérie, tu étudies tout le temps. Tu devrais faire de l'exercice.

— Mais maman, on fait beaucoup de sport à l'école.

— Chérie, il n'y a pas que le sport dans la vie, lance Christina d'une voix légèrement irritée, il y a aussi les garçons, et c'est bon pour notre équilibre, nous autres filles...

— Qu'est-ce que tu veux dire par là, maman?

— June!

— Je blaguais, maman. Je sais bien ce que ça veut dire, mais je t'assure que je n'ai aucun problème d'équilibre.

Christina semble réfléchir un moment.

— Chérie, tu sais que l'esprit n'est pas tout.

— Pourquoi tu me dis ça? demande June d'un ton anxieux.

— Je t'en parle, ma chérie, commence Christina d'une voix très douce, parce que je suis moi-même tombée dans ce piège.

— Je ne comprends pas.

Christina prend, cette fois, une longue inspiration.

— D'accord... Eh bien, j'ai raté beaucoup d'occasions avec des hommes qui m'intéressaient parce que, tout simplement, j'ai trop sublimé l'intellect dans mon adolescence.

— Je ne te suis toujours pas, maman.

— Mon Dieu!... Écoute, chérie, il y a des fois où seul le corps doit parler... Rien d'autre... Uniquement le corps... On n'y peut rien. On est ainsi faits. C'est physique, June. C'est naturel. Nous sommes des animaux aussi, tu sais. Les singes font ça. Les chiens font ça. Les oiseaux font ça. Si ça se trouve, les plantes font ça. June... June, regarde-moi dans les yeux... June, ta mère fait ça. Même les filles gentilles font ça. Tu me comprends?

— Écoute, maman, je ne suis pas stupide, je sais tout ça.

— June, il y a une grande différence entre savoir quelque chose et l'accepter. Ou surtout l'expérimenter. Je souffre de te voir suivre la même pente que moi. Tu sais, j'ai trop souffert de ça, et je veux t'épargner cette souffrance avant qu'il ne soit trop tard... Je ne veux pas que tu deviennes uniquement une intellectuelle. J'aimerais que tu aies un esprit, bien sûr, mais j'aimerais que tu aies aussi... un corps. Tu comprends?

— Oui, maman.

*

Elles ont parlé encore un moment et, tout de suite après, June est retournée dans sa chambre faire ses devoirs. Christina est allée prendre une nouvelle série de douches froides (la ménopause). Ensuite, elle a appelé sa meilleure amie, Françoise (elle a rencontré Françoise Saint-Pierre quelque temps après son arrivée à Port-au-Prince). Françoise a déjà été brièvement la maîtresse de Harry (Christina le sait) mais il l'a plaquée dès qu'il a commencé à fréquenter les femmes haïtiennes.

— Françoise, je lui ai tout dit... Tout, tout, tout, même le truc à propos des animaux. Que je me sentais gourde! Elle a été très calme, comme à son habitude, mais je connais ma fille, je sais que je l'ai ébranlée... Mais oui, il le fallait, dix-sept ans, belle comme elle est et personne ne téléphone jamais dans cette maison, sauf pour lui demander de l'aide pour des devoirs... Tu trouves ça normal? Que veux-tu que je fasse? Il fallait prendre le taureau par les cornes! Maintenant, j'attends... Oui, j'attends, Françoise. J'ai planté une graine, alors j'attends de voir le fruit... Bien sûr que j'ai peur, qu'est-ce que tu crois! Si elle se mettait à sortir avec quatre types à la fois! Mais je préférerais ça! Je n'arrive plus à dormir. J'entends tout le temps le tic-tac de la minuterie, et j'essaie de deviner quand la bombe va exploser... Tu sais, je la vois comme une jeune femme en train d'emmagasiner des fantasmes dans sa chambre. Non, non, il faut qu'elle sorte prendre l'air, il lui faut rencontrer des garçons, s'amuser, plaisanter, tu comprends, c'est important ça! La vie est trop absurde, Françoise, pour la prendre au sérieux, tu comprends. Je veux qu'elle se laisse aller (Christina pleure), qu'elle s'éclate, qu'elle soit heureuse, qu'elle jouisse de la vie, qu'elle dévore à pleines dents les fruits de l'amour (elle sanglote). C'est tout ce que je veux pour ma fille. Tu peux bien dire tout ce que je n'ai pas eu, alors... Bien sûr, je sais qu'on ne peut pas corriger sa vie par le truchement de la vie d'une autre... Bon, je dois te quitter, Harry vient de rentrer, et lui n'a aucune idée de ce qui se passe dans cette maison. Pour lui, tout va bien... Le soleil, les fruits tropicaux, les femmes haïtiennes aux belles fesses : il est au Paradis. Et il n'y a pas de problème au Paradis... Je te rappellerai... Et toi, qu'est-ce qu'il t'arrive de bon ces jours-ci, Françoise ?

Un long silence.

— Je te raconterai une autre fois...

— Tu me mets sur des charbons ardents, chérie...

— Je t'en parlerai quand on aura du temps...

— Si on se retrouvait demain au Bellevue... Harry a un match de tennis... On mangera ensemble.

— D'accord.

— Tu m'intrigues vraiment, Françoise...

*

Cette conversation a eu lieu il y a une semaine exactement. Aujourd'hui, Christina a un début de fièvre, et elle est en train de se préparer mentalement une soirée de repos avec un bon grog, un bon roman policier suivi d'un bon somme. Elle décide à la dernière minute de ne pas aller dans sa chambre, mais plutôt dans la chambre d'ami. C'est une jolie pièce, beaucoup plus petite que la chambre conjugale, mais assez sobrement aménagée, ce qui la rend extrêmement confortable. Christina aime se retirer dans cette pièce qui lui rappelle ses années d'université, quand elle habitait cette chambrette, tout près de Columbia University. Christina était partagée, à l'époque, entre la solitude et la liberté. Disons qu'elle se sentait plus volontiers seule que libre. Elle passait son temps à lire Virginia Woolf (pourtant elle a fait sa thèse sur Colette) tout en espérant que quelqu'un vienne cogner à sa porte. Aujourd'hui, elle ne lit plus que les romans policiers ou le dernier Philip Roth (heureusement qu'il publie un roman par an) pour tenter de calmer cette migraine qui ne lui laisse pas un instant de répit. En tout cas, cette chambre lui donne l'impression d'être cette jeune fille libre mais seule du début des années soixante. La petite chambre donne sur la véranda où dort Absalom quand Harry n'est pas à la maison. Absalom est ce jeune homme que leur ont recommandé les Widmaier. Une vraie perle, comme dit Jacqueline Widmaier. Poli, travailleur, et surtout très intelligent. Christina pense quelquefois l'emmener à New York avec eux quand la mission de Harry prendra fin. Il parle déjà un rudiment d'anglais et comprend parfaitement ce qu'on lui dit. Harry l'aime beaucoup à cause de son esprit vif. Sa rapidité à comprendre les situations les plus complexes l'étonne chaque jour. Absalom est déjà en train de préparer son lit pour ce soir. Il a une pièce au fond de la cour où il range ses affaires, mais Harry lui a demandé de coucher sur la véranda quand il doit rentrer tard de ses soirées mondaines ou de ses nuits torrides avec une quelconque

Annaïse. Comme ça, à la moindre alerte il pourrait intervenir rapidement. Les assassins et les voleurs courent les rues ces jours-ci. Christina sourit en pensant que personne ne sait qu'elle est ici puisqu'elle a décidé à la dernière minute de rester à la maison. Elle entend June descendre l'escalier pour aller se servir un verre de lait dans la cuisine. Elle écoute les pas de sa fille remontant les marches bien cirées de l'escalier. C'est bizarre, se dit-elle avec un sourire, on entend parfaitement le moindre bruit de cette pièce. Ce qu'elle n'avait jamais remarqué auparavant. Une vraie cage acoustique. Par la fenêtre entrouverte, elle suit le moindre mouvement d'Absalom sur la véranda. June écoute dans sa chambre le disque de Billie Holiday qu'elle lui a offert dernièrement pour son dix-septième anniversaire. « Quelle fille sage! », pense-t-elle. Un peu impénétrable aussi. Un calme oriental. Une flamme immobile au milieu de la tempête. Christina l'imagine assise dans sa chambre en train d'écouter le disque tout en essayant de décoder la poésie fulgurante du chant désespéré de Billie Holiday. Absalom aussi écoute de la musique sur un minuscule poste de radio à côté de sa tête. Musique haïtienne. Très sensuelle, joyeuse, vivante. Une musique faite pour danser. La musique et la peinture haïtiennes ont également étonné Christina à son arrivée à Port-au-Prince. C'est tellement différent de la vie misérable que les gens mènent ici. Ils ont faim, mais ils n'arrêtent pas de créer cette musique joyeuse et cette peinture colorée, vivante. Alors que nous, les

Américains, qui avons tout, nous passons notre temps à geindre. La sinistrose. L'Haïtien est absolument à l'opposé, pense-t-elle, du Juif new-yorkais. Le Juif selon Woody Allen et Philip Roth. L'Amérique d'aujourd'hui ressemble à un fast-food du désespoir. Ça n'arrête pas de fournir jour et nuit le même sinistre hamburger. On ne vit pas seulement de hamburgers, dit la Bible. L'un (Woody Allen) sort un film chaque année. L'autre (Philip Roth), un livre. Notre ration annuelle d'amertume. Amère America. Les pauvres crèvent. Les riches sont désespérés. Mais, ici on est tellement loin de Manhattan. Malgré cette terrible misère, Christina se rappelle (avec un léger sourire) combien Manhattan lui manquait au début. Le snobisme de Manhattan, elle a ça dans les veines. Le radical chic des années soixante-dix, c'est son époque. Les lumières de la ville, les meurtres gratuits, les taxis jaunes, la chaussée mouillée, le café cubain, les putes agressives. La vie vite, quoi! Avant, ça lui manquait. Moins maintenant. Elle se rappelle, avec un sourire énigmatique, qu'elle faisait là-bas en une journée ce qu'elle prend six mois à accomplir ici.

« Qu'est-ce que le temps alors? », se demande-t-elle sans chercher à trouver une réponse.

*

Elle était si perdue dans ses pensées qu'elle n'a pas prêté attention au curieux remue-ménage qui se fait sur la véranda.

Elle prête l'oreille.

— Non, mademoiselle June, je ne veux pas perdre mon travail. On ne peut pas continuer... Si Madame apprend ça, je vais me faire renvoyer...

— Il n'y a personne ici, jette sèchement June.

Christina est déjà en sueur. Sa fille, June, est en train de forcer un homme. Leur domestique. Christina rampe sur le plancher pour se rapprocher de la fenêtre. Sans faire le moindre bruit, elle relève doucement son torse. La tête attentive. Elle voit, finalement, Absalom. Il est couché sur le dos, June assise sur lui. Un léger vent fait danser les feuilles de l'arbre magnifique qui cache complètement la véranda aux regards curieux des voisins.

June enlève calmement son corsage blanc. Absalom garde toujours les yeux fermés. Les seins fermes de June. Leurs pointes roses : droites et raides. Christina a la chair de poule. Elle pense avec un frisson : « Ma fille est en chaleur. » Et elle la regarde, fascinée. Tout se joue comme au ralenti. Le temps mou. La terrible tension du visage. Maintenant, June, sa June, est en train de baisser froidement le pantalon d'Absalom. Jusqu'aux genoux. Ensuite la voilà qui s'empare avidement du sexe chauffé à blanc qu'elle glisse sous sa jupe sans autre forme de procès. June ferme brièvement les yeux au moment du contact. Sa langue rouge sort de sa bouche pour venir humecter ses lèvres. Et brusquement, elle s'assoit sur Absalom. De toute sa force. Sans un cri. Un temps suspendu. Les ailes du nez de la jeune fille s'ouvrent et se referment de plus en plus vite. Un temps mort. Puis l'orgasme.

Brutal. Christina regarde sa fille en train de jouir longuement en couinant comme une souris prise au piège. Cela lui semble interminable. Et juste au moment de finir, ça reprend de plus belle. Et elle jouit de nouveau. Un cri d'oiseau invisible dans le feuillage du manguier. June galope. Et elle jouit, cette fois la bouche ouverte. En hurlant. Un hurlement dont on ne sait s'il est de plaisir ou de douleur. Et ça recommence. Cette fois le désir semble l'énerver. Un animal qui essaie de mordre sa queue. Désir suraigu. Un cri strident. On dirait qu'elle aimerait en finir, mais se trouve incapable d'arrêter. Elle galope. De plus en plus vite. De plus en plus haut. Christina aperçoit, en une fraction de seconde, sa toison pubienne. Les gouttes de sueur sur son front soucieux. Le plaisir est grave. Et la jeune fille sérieuse. Sa bouche a l'air de formuler de tendres et interminables méditations. Comme une prière. Christina pleure doucement. Cette vie (le pénis d'Absalom) plantée au cœur du ventre de sa fille. Quelques mouvements brusques. Elle se cabre. Les seins vers le ciel. La bouche tordue. De longs gémissements. Elle veut s'arracher la peau. La douleur. Quelques spasmes. Et tout s'arrête. Le corps complètement allongé sur celui d'Absalom. Au repos. De temps en temps, un tressaillement. Un poisson hors de l'eau. Et là, on dirait une plainte qui semble venir d'un animal marin. Son corps recommence à bouger. Doucement. Cette intolérable douceur. Soudain, elle ouvre les yeux comme quelqu'un qui vient de se réveiller d'un terrible cauchemar. Quelques gémissements aigus. Et c'est le hurlement. Son torse se relève complètement. L'arc parfait. Les veines du cou. « Elle va se blesser », pense soudain Christina. Mais le visage raconte un plaisir si violent, si nu que Christina doit baisser les yeux. Moment privé. « Je n'ai jamais connu ça, moi », murmure-t-elle en se laissant aller sur le plancher. Elle pleure longuement jusqu'à ce que le sommeil la trouve dans cette position fœtale.

Christina se réveille brusquement en entendant la voiture de Harry franchir l'entrée. Elle pense tout de suite avec un certain effroi que Harry ne doit absolument pas trouver June dans cette position. Elle parvient à se calmer tout de même avant de risquer un œil par la fenêtre. Personne sur la véranda. Comme si rien ne s'était passé. Elle entend Harry monter l'escalier. De nouveau la voix passionnée de Billie Holiday (*Strange Fruit*) dans la chambre de June.

LA FEMME DE PROIE

Je dois rencontrer chez lui, ce matin, un jeune musicien de dix-sept ans (nous sommes de la même fournée) qui vient de sortir son premier disque. C'est Denz qui m'a chargé d'aller le voir. Il veut travailler avec lui. Ce type doit être vraiment bon si Denz s'intéresse déjà à lui. D'ordinaire Denz attend deux ou trois disques avant de se déranger pour un blanc-bec. J'ai lu aussi la presse à propos de lui. Selon l'influent critique musical Gérald Merceron, un bon ami de Denz d'ailleurs, ce Jude Michel est à coup sûr le poète le plus original qui soit apparu sur la scène durant ces trente dernières années, disons depuis Ti-Paris (le barde alcoolique). On ne sait à peu près rien de lui, sauf que sa mère est morte d'un cancer à l'utérus quand il avait six ans, et qu'il n'a pas connu son père. Il vit à Poste-Marchand, un quartier populaire de Port-au-Prince, avec une vieille tante.

— Excusez-moi, monsieur, ça fait une demi-heure que je tourne en rond dans le coin...

51

— Je le sais, dit l'homme sur un ton bougon...
C'est la sixième fois que je te vois passer devant ma
porte.

— Je cherche un certain Jude Michel... Vous le
connaissez ?

— Non... Je ne connais aucun Jude Michel.

— C'est un jeune musicien...

— Ah ! tu veux dire Dodo, le neveu de Sylvana...
Qu'est-ce qui lui est arrivé ? Je connais sa tante... Une
femme respectable...

— Il vient de lancer un génial premier disque.

— Un vrai bon à rien... Maintenant que Sylvana
est malade et qu'elle ne pourra plus le faire vivre, il va
devenir un voyou. Il n'a jamais voulu rester à l'école,
Sylvana l'a envoyé à J.B. Damien apprendre la menuiserie, et figure-toi qu'il n'a même pas été capable
d'apprendre ce cours... Sais-tu quelles démarches cette
femme a dû faire pour l'inscrire à cette école ? Le
nombre d'élèves est très limité, mais c'est une excellente école. J'ai un neveu qui est allé là, aujourd'hui, il
gagne très bien sa vie.

— Il paraît que sa mère est morte, dis-je en sortant
mon calepin.

— Pas ça ! lance-t-il sur un ton méprisant... Je ne
parle pas aux policiers ni aux journalistes.

— Je fais des recherches pour un devoir d'histoire...

— Ah bon, je ne connais pas... Mais je ne veux pas
qu'on note ce que je dis...

Je remets immédiatement le calepin dans ma poche.

— Très bien comme ça... C'est le fils de Lumane, la jeune sœur de Sylvana... Elle était une grande chanteuse, mais elle est morte dans la misère la plus noire. Alors quand Dodo a commencé à faire de la musique, Sylvana a tout fait pour lui enlever ça de la tête...

— Quel genre de garçon est-il?

L'homme semble étonné par la question.

— Très respectueux, mais comme je t'ai dit, ce n'est pas un métier, ça. (Une pause...) Du moins, pas en Haïti...

— Savez-vous ce qu'on a dit dernièrement de lui dans le Nouvelliste?

— Non, je ne lis pas le journal, jette l'homme d'un ton sec.

— On a dit qu'il était le musicien le plus original des trente dernières années, et qu'il faut remonter à Ti-Paris...

— Ah! Ti-Paris... J'aime beaucoup Ti-Paris. C'était un vrai troubadour. Il se foutait pas mal de tout, sauf de la musique. La musique, c'était sa vie. Ses chansons m'allaient droit au cœur... Je me souviens qu'il disait dans une de ses chansons qu'il était toujours soûl (« Toul lé jou m'sou »), ce qui était absolument vrai, ça je peux en témoigner.

— Vous l'avez bien connu alors?

Le visage empreint de nostalgie.

— Pour sûr que je l'ai connu. À l'époque on fréquentait la même gargote : Chez la mère Jeanne... Oh! qu'on y mangeait mal! Mais il y avait cette jeune femme aux seins fermes, très insolente, et d'une beauté, mon ami.

53

Il réfléchit un long moment.

— Je crois même, je n'en suis pas sûr, mais je crois qu'elle a eu un enfant de Ti-Paris... Imaginez, Ti-Paris a eu onze enfants avec sept femmes différentes. Il adorait les femmes, et c'était réciproque... C'est ce qui a causé sa perte, je pense... Ces trois affaires marchent toujours ensemble : les femmes, la musique et l'alcool...

— Et vous ?

— Comment ça !

— Avez-vous aussi commis des folies dans la vie ?

Il me regarde droit dans les yeux, comme quelqu'un s'apprêtant à faire une terrible confession, avant de se raviser.

— Qu'est-ce que tu voulais ? Je n'ai pas que ça à faire...

— L'adresse de Jude Michel... J'ai un ami qui veut travailler avec lui...

— Travailler ! Ce type ignore ce mot... Gratter de la guitare, j'appelle pas ça travailler, moi... Bon, continue jusqu'au carrefour, ensuite tourne à gauche, et va jusqu'au bout de la petite rue en terre battue...

— Et après ?

— C'est tout au fond... Tu ne pourras pas la manquer.

*

C'est un long jeune homme mince qui me reçoit dans une minuscule pièce surchauffée. Une vieille guitare sur la table.

54

— Je suppose que je ne suis pas le premier journaliste (j'ai décidé de passer pour un journaliste) à venir t'embêter...

Un sourire candide affleure sur des lèvres sensuelles.

— Tu es le premier et peut-être le seul.

— Pourtant, tu as eu un très bon papier de Gérald Merceron dans le journal du week-end dernier...

— M. Merceron me l'a fait voir avant de le publier. J'ai été très heureux...

— Ah bon, tu le connais ?

— Il m'a donné beaucoup de conseils pendant que je préparais le disque.

— Et comment te sens-tu ?

— Triste...

— Ah oui... Et pourquoi ?

— Je ne sais pas. Je ne suis pas arrivé à dormir, la nuit dernière... Mon cœur n'arrêtait pas de cogner.

— Et tu ne sais pas pourquoi ?

— A vrai dire non.

— Ça arrive toujours dans des moments aussi importants, dit calmement quelqu'un dans mon dos.

Je me retourne un peu vivement. Une dame très élégante, assise dans la pénombre. De grands yeux, des mains très raffinées, le même âge que Mme Saint-Pierre. Elle ouvre son sac à main Gucci (le fameux G en or) et en sort un luxueux étui à cigarettes.

— Je disais à Jude avant que vous n'arriviez de ne

pas s'en faire car ce qui lui arrive est tout à fait normal. C'est beaucoup d'émotions en si peu de temps.

— Vous avez raison, dis-je.

— Et puis, ajoute-t-elle dans un souffle où passe toute la sensualité du monde, Jude est si jeune...

— Excusez-moi, madame, je n'aimerais pas vous bousculer, mais pourrais-je savoir ce que vous pensez de son disque?

— Ce que je pense de son disque? fait-elle avec un joli éclat de rire... Eh bien! je pense que Jude a un talent foudroyant.

— Avez-vous un morceau favori?

Un silence.

— *Folle de toi.*

— Et pourquoi?

— Je pense que c'est orgasmique.

— Oh! et le reste du disque? Que pensez-vous des arrangements musicaux? J'ai un ami génial qui fait des arrangements aussi...

— Denz.

— Vous le connaissez?

— Bien sûr.

— Pas moi, dit Jude, mais j'admire beaucoup son travail...

La dame s'est levée brusquement.

— Excusez-moi, je dois partir... Jude, je passerai te chercher, ce soir, vers sept heures.

Un sillage de Nina Ricci.

56

*

– C'est qui ? je demande.

— Je ne sais pas, lâche Jude... Elle est venue ici, hier matin, et depuis, elle passe me voir chaque deux heures.

— Sais-tu ce qu'elle veut ?

— Je ne sais pas non plus...

— Tu n'en as aucune idée ?

— Si, mais j'ai un peu peur.

— Peur de quoi ?

— D'elle... Je ne comprends pas ce qui m'arrive. Il y a à peine une semaine, je ne pouvais même pas rêver à une pareille situation, et là, tout à coup, tout le monde me veut... Mais je n'ai pas changé, moi... Il s'arrête, se prend la tête dans les mains.

— Que veut-elle de moi ? Je n'arrive pas à comprendre... Elle est belle, riche, elle connaît tout le monde, alors que moi je n'ai rien. Je vis à Poste-Marchand avec une vieille tante malade. Je me demande ce qui peut attirer une femme pareille chez moi.

— Ton talent. Il y a des femmes que seul un talent neuf excite.

— Quel talent ? dit-il en se frappant la tête contre le mur... J'ai piqué des choses par-ci par-là : le rock, le jazz, la musique rara, le compas direct, la musique espagnole... Je n'ai rien inventé.

— Oui, mais la sauce est bonne.

Il s'arrête de marcher pour me regarder fixement, le visage fiévreux.

— Tu as raison de parler de sauce. J'ai toujours été attiré par la cuisine, mais malheureusement ma tante n'a jamais voulu m'apprendre.

— Mais la musique ressemble étrangement à la cuisine, Jude.

Un éclat dans les yeux.

— C'est peut-être pour ça! s'exclame-t-il. J'aime bien parler avec toi... Je ne sais même pas ton nom...

— Fanfan.

— Je n'ai pas dormi de la nuit, Fanfan. Chaque fois que je fermais les yeux, je voyais cette femme. J'ai l'impression d'être pris dans un entonnoir. Je ne sais plus si c'est un rêve ou la réalité.

— Tu dois être très fatigué, je vais te laisser te reposer.

— Tu es venu jusqu'ici...

— C'était simplement pour te dire que Denz voudrait que tu passes le voir...

Son visage s'éclaire.

— Moi aussi, j'aimerais le rencontrer, c'est mon idole depuis si longtemps. Il fait des arrangements géniaux, fait-il avec un faible sourire... C'est que ma tante est malade. Je dois m'occuper d'elle.

Il prend la guitare, commence à jouer un de ses trucs, avant de la remettre sur la table.

— Elle a dit qu'elle passera me chercher vers sept heures, mais je suis sûr qu'elle reviendra avant... Si je pouvais vraiment savoir ce qu'elle me veut. Ma tête me fait mal, comme si on m'enfonçait de longues aiguilles très fines dans le crâne... Tu reviendras? On pourrait causer un peu plus, car je sens quelque chose entre nous...

— Oui, je reviendrai une autre fois, dis-je en quittant la pièce.

Je me retourne au moment de franchir la porte pour le voir déjà couché sur le petit lit en fer. Sur le dos, les bras en croix et la gueule ouverte. Crevé! Dehors, l'odeur forte d'un tas d'immondices me pénètre jusqu'au fond de la gorge. Je n'avais pas bien vu le quartier en arrivant. Je décide de le visiter un peu, en prenant un autre chemin pour le retour. Juste après le second tournant, je tombe sur cette Mercedes neuve stationnée sous un arbre. C'est bien elle! Il a raison. Elle me jette ce regard froid, comme si on ne s'était jamais vus auparavant. Le visage fermé de l'oiseau de proie juste avant d'exécuter le plongeon fatal. Fatal pour le petit lièvre. Au moment où j'arrive à sa hauteur, la voiture commence à rouler doucement en direction de la maison du jeune musicien de talent dont la critique unanime a dit qu'il était l'espoir de notre génération.

UNE BONNE ACTION

Charlie a quitté l'école en seconde pour une raison
très simple : il était trop beau pour rester enfermé
toute la journée dans une salle de classe. Il y a très
longtemps que les femmes l'ont repéré. Il était encore
puceau quand son professeur de géographie lui a
offert de le ramener chez lui, mais a préféré l'amener
chez elle. Depuis, Charlie a compris qu'il pouvait
avoir tout ce qu'il voulait des femmes. Alors, à quoi
bon rester enfermé dans une salle de classe quand la
rue grouille de vie. Les fruits mûrs et juteux de
l'arbre du bien et du mal sont aujourd'hui à la portée
de sa main. Et on peut dire que Charlie a un solide
appétit. Toutes les filles l'adorent, sauf une : sa sœur
qui, curieusement, n'a pas été gâtée par la nature.
Chaque fois qu'elle se vantait d'être la sœur de Charlie, il y avait toujours une fille pour crier : « C'est
impossible ! » Maintenant, elle a changé de stratégie,
elle dit plutôt : « Charlie est peut-être beau, mais
moi, je suis intelligente. » C'est comme si elle n'avait

pas parlé. Je crois que dans certains cas il ne faut rien dire, simplement s'incliner devant le mauvais sort. Charlie est beau, c'est tout. Il y a des gens qui deviennent beaux seulement quand on les regarde un certain temps, d'autres qui ont, comme on dit, une belle âme. Au risque de me répéter, Charlie est beau, c'est-à-dire que quand il entre dans une pièce, tous les regards se tournent vers lui : les femmes avec une avidité presque démente (elles le dévorent littéralement des yeux), les hommes avec un certain dépit. Un homme vraiment beau, c'est beaucoup plus rare qu'on ne le croit. Au début, c'était dingue, Charlie ramassait toutes les filles qui le regardaient avec une certaine insistance (mais l'ont-elles jamais vraiment regardé autrement?) ce qui a fait de sa minuscule chambre sur l'avenue Christophe un vrai bordel. L'une arrivait au moment où l'autre sortait encore décoiffée. Quelquefois, elles se rencontraient dans son lit. Maintenant, il fait un peu le tri. Et cela lui arrive de refuser une beauté époustouflante pour rentrer avec une fille quelconque mais sympa, ou celle qui l'a fait rire, ou plutôt celle qui est bien moche mais avec un charme fou, ou encore celle là-bas avec cette démarche élégante, ou même celle qui semble si habituée au fait que nul ne s'intéresse à elle. Quand il arrive dans une discothèque, personne ne peut prévoir, pas même lui, avec qui il en sortira.

*

Faut dire, avant d'aller plus loin, que les parents de Charlie sont des gens assez pauvres, mais respectables. Son père l'a foutu à la porte dès l'instant qu'il a quitté l'école. Il est allé vivre chez un de ses cousins à Carrefour-Feuilles. Le cousin en question est un prédicateur adventiste très strict qui faisait sa prière à neuf heures du soir, se couchait à neuf heures trente et n'ouvrait à personne passé dix heures. Après un mois de ce régime monacal pendant lequel il a cru devenir fou, Charlie a déménagé chez un ami, à Pacot. Là encore, ça n'a pas marché, puisque la jeune épouse de cet ami s'est follement éprise de lui, ce qui l'a placé dans une situation fort embarrassante. Il se retrouvait coincé entre un bienfaiteur et une femme pour qui il n'éprouvait aucun désir. L'une des règles du code social amoureux dit bien : ne jamais vivre sous le même toit qu'une femme qu'on a repoussée. Encore une fois, il a dû faire sa valise pour aller ailleurs. Finalement, il a trouvé cette petite chambre sur l'avenue Christophe, au-dessus d'un magasin de chaussures. Il a toujours gardé le contact avec sa mère et sa sœur, malgré l'interdiction absolue de son père : aucun membre de la famille (oncles, tantes, cousins, cousines) ne devait lui adresser la parole. « Je n'ai qu'une fille », a-t-il dit une fois en regardant Rachel en train d'étudier. Depuis qu'elle a découvert la grande injustice de la nature en matière esthétique, Rachel s'est réfugiée dans les études (bon, ç'aurait pu être dans la religion). Mais depuis qu'il est devenu un banni, Rachel ne déteste plus son frère. D'autant que leurs parents commencent à se faire vieux. Ils continuent à travailler comme domestiques chez les

Abel, une riche famille qui possède plusieurs demeures dont cette villa, à Bourdon. Mme Abel passe les chercher le matin et les raccompagne le soir (une tâche qu'elle n'a jamais laissée à son chauffeur). Chez les Abel, le travail n'est pas trop dur, sauf l'escalier qui devient un peu plus raide à mesure que le temps passe. Les gens sont de bons chrétiens qui traitent charitablement leurs domestiques. Côté nourriture, l'ambassadeur (François Abel fut ambassadeur d'Haïti à Londres durant la Seconde Guerre mondiale) est un homme facile à contenter. Son menu n'a pas varié en vingt ans, sauf que, depuis deux ans, il s'abstient même de boire un verre d'eau après six heures du soir. L'ambassadeur a rapporté de Londres, à part cette rencontre inoubliable avec Winston Churchill qui lui a fait cadeau d'une boîte de cigares cubains, la discipline, l'élégance vestimentaire et un sens aigu du respect de la personne. Les vieux parents de Charlie sont donc traités avec le même respect que l'ambassadeur aurait accordé à un collègue, comportement ahurissant dans un pays où les domestiques sont souvent considérés comme des esclaves. Pour le père de Charlie, point n'est besoin de le dire, l'ambassadeur est un dieu vivant. Le travail est bien divisé dans cette maison où l'on croit (comme on croit que Jésus est le fils de Dieu) que l'Angleterre est le pays le plus civilisé de la planète. La mère de Charlie s'active à l'intérieur (cuisine, ménage et téléphone) tandis que son père gère la cour (jardin, garage et la grande barrière rouge qu'il lui faut ouvrir quand il entend arriver la voiture de l'ambassadeur). C'est ainsi, paisiblement, que se déroule depuis plus de vingt ans la vie de ces deux couples (les maîtres et les domestiques).

*

Charlie sait que, chaque mercredi, son père accompagne l'ambassadeur au centre-ville. Il a pris l'habitude de passer ce jour-là voir sa mère à la villa. Même quand ils étaient encore proches, le père de Charlie n'a jamais voulu que son fils vienne le voir à la villa, affirmant qu'il refusait de le recevoir dans une maison où il n'était pas le maître. Sa mère, elle, ne s'est jamais sentie humiliée en aucune sorte par son travail. De temps en temps, Charlie passe voir sa mère. Des fois, ils ne se disent rien. Elle lui fait un café qu'il déguste pendant qu'elle continue à faire le ménage ou à préparer le dîner. Aujourd'hui, il trouve sa mère assise à la table de cuisine, en train d'éplucher des pommes de terre.

— Bonjour, maman.

Elle sursaute.

— Ne me dis pas que ton père a encore laissé la barrière ouverte. C'est la même chose chaque mercredi, il est excité comme un enfant quand il doit accompagner l'ambassadeur en ville...

— C'est pas grave, je l'ai refermée... Tu as quelque chose, toi ?

Silence.

— Qu'est-ce qui se passe, maman ? Tu n'as pas l'air dans ton assiette.

65

— Je me fais du souci pour ton père...

— Comment ça! Il est malade?

Un autre silence.

— Je ne pense pas qu'il pourra résister...

— Résister à quoi? Tu me fais peur, maman.

Elle prend une longue inspiration.

— Tu sais que ton père est un homme orgueilleux... Bon, voilà : depuis deux semaines, il y a une jeune fille ici. La fille du frère aîné de l'ambassadeur, M. Georges. M. Georges a toujours vécu à Paris, lui. Il s'était marié, là-bas, avec une Française de famille noble... La fille ne veut plus vivre en France avec sa mère, alors elle est venue ici.

— Où est le problème, maman? L'ambassadeur est son oncle...

— Oui, mais M. Georges, lui, n'était pas comme l'ambassadeur, il était, comment dirais-je, très aristocratique, beaucoup plus hautain que sa femme qui, elle, est une vraie aristocrate. Ils étaient venus passer ici les fêtes de Noël, il y a deux ans...

— On s'en fout, maman, de Georges et de sa nana aristo...

La mère ouvre grands les yeux.

— Ne te moque pas... Elle est terrible. Ce matin encore, elle a crié après ton père... Et je vois que ton père fait beaucoup d'efforts pour ne pas la remettre à sa place. Vraiment, elle nous traite comme si on était des esclaves, alors que l'ambassadeur...

— Justement, pourquoi il n'en parle pas à l'ambassadeur? Vous m'avez toujours dit que c'était la justice en personne.

— Je sais, mais l'ambassadeur adorait son frère, c'était son unique frère, et il est tellement heureux de recevoir sous son toit la fille de son frère... Alors, ton père n'a pas le cœur de lui parler de ça, tu comprends ?

— Non, maman, je regrette mais je ne comprends pas.

La mère lève vers lui un visage ravagé par la douleur.

— Il ne le fera jamais, et nous allons être obligés de quitter la villa.

— Vous préférez perdre un bon emploi plutôt que de dénoncer le comportement de cette fille !

La mère continue à éplucher les pommes de terre, faisant semblant de n'avoir pas entendu.

— Je le lui ai dit, Charles... Et il m'a répondu qu'il n'en parlera pas à l'ambassadeur... Il ne le fera pas, je le sais, et nous serons obligés de partir sous peu.

— Et où est cette fille ?

— Elle est sûrement au Cercle Bellevue en train de jouer au tennis... C'est juste en face.

— Comment est-elle ?

— Très jolie... Elle ressemble à sa mère, mais elle a le caractère de son père... Très consciente de ce qu'elle est...

— Bon, maman, faut que je parte... Peux-tu me passer un peu d'argent ?

— Bien sûr, mais à partir de maintenant, il faut que je commence à faire attention à l'argent... Oh !

mon Dieu! je ne sais pas ce qu'il va dire à l'ambassadeur pour qu'on puisse partir... Oh! Charles, qu'est-ce qui va nous arriver? On était comme une seule famille...

— Je dois partir maintenant... A la semaine prochaine...

— Peut-être... Je ne sais pas. Je n'ai aucun contrôle sur ma vie...

*

Quelques personnes sont encore sur le court malgré la chaleur accablante.

— C'est qui cette fille? demande Charlie au jardinier debout à côté de lui.

— Mlle Abel... Elle vient d'arriver... C'est une très bonne joueuse, mais elle a un sale caractère.

— Comment le sais-tu?

— Eh bien! quand elle perd, elle insulte tout le monde, même l'arbitre.

— J'aimerais lui parler.

— Pourquoi? Tu as une commission à lui faire?

— Non... J'aimerais simplement lui parler.

— Je ne pense pas que ce sera possible, mon ami.

— On verra, dit Charlie.

*

Le bar est au fond de la cour.

— Un whisky, dit Charlie.

Le barman l'observe un moment.

— C'est la première fois que je te vois ici, toi.

— C'est la première fois que je viens ici... Et ce ne sera pas la dernière.

— Permets-moi d'en douter, mon ami. C'est un club privé, ici. C'est même un Cercle, tu comprends. Il faut ou bien en faire partie, ou bien y être invité par un membre, sinon...

— Je vois que vous connaissez bien les règles.

Le barman sourit.

— Je travaille ici depuis vingt ans, mon ami... Je ne connais pas seulement les règles, je connais aussi les gens et leurs habitudes.

— Alors vous devez connaître mon père?

Le barman scrute le visage de Charlie.

— Ton père?

— Non, il n'est pas membre, dit Charlie en riant... Il travaille en face, chez l'ambassadeur Abel.

Un large sourire du barman.

— Tu me demandes si je connais ton père? Et comment! On a commencé ensemble. Moi, ici; lui, chez l'ambassadeur... Comment va-t-il? Je ne l'ai pas vu depuis un moment. Un homme intègre, ton père. Et un ami sûr... En un sens, il ressemble beaucoup à l'ambassadeur. On dirait des frères jumeaux... Ils viennent de deux classes sociales différentes, mais au fond, ils sont de la même trempe d'hommes... Que devient ton père?

— Il a des problèmes.

— La santé, j'imagine.

— Non, grâce à Dieu, ça va de ce côté. Il a des problèmes à son travail.

Le barman a beaucoup de mal à réprimer un cri.

— Avec l'ambassadeur !

— Non, avec sa nièce.

— Mlle Abel, dit le barman d'un ton las, je peux comprendre...

— J'aimerais la rencontrer...

— Elle doit être sur le court en ce moment... Je peux t'assurer qu'elle n'est pas facile à vivre.

Le barman jette un regard de biais sur Charlie.

— Ah ! je vois, dit-il avec un sourire complice, tu veux l'approcher... Ils vont tous venir danser ici, ce soir... Mais il faut être membre pour avoir accès. Le jour, on peut entrer facilement, mais le soir, c'est impossible. Comme je te vois, tu dois avoir du succès auprès des filles, mais ça m'étonnerait beaucoup que celle-là se laisse approcher par le fils d'un domestique... Mais attends que je réfléchisse un peu... Tout le monde n'est pas snob ici. Je vais demander à Hansy, c'est le fils d'un riche industriel, mais un garçon sans préjugés. C'est ça, je demanderai à Hansy de t'inviter. Donc, quand tu viendras ce soir, tu n'as qu'à dire que tu es l'invité d'Hansy, il n'y aura pas de problème... (Il fait un chaud clin d'œil à Charlie.) Je dois bien cela à ton père...

— Merci, monsieur.

*

Charlie s'est assis au soleil et il regarde le match. Mlle Abel est en train de perdre face à une jolie brune. Elle est de mauvaise humeur. A chaque balle

70

qu'elle rate, Charlie applaudit bruyamment. Elle jette de brefs mais furieux regards vers les gradins. Finalement, à la dernière balle (un terrible smash de l'adversaire que Mlle Abel n'a pu que regarder passer), Charlie est debout à applaudir. Les deux filles passent devant lui. La gagnante (cette chaude brune) lui fait un discret sourire, tandis que Mlle Abel garde la tête droite.

*

Dans la petite chambre de Charlie. Neuf heures du soir.

— C'est qui?

— Fanfan.

— Arrive.

— Qu'est-ce qui se passe, mon vieux? Tu es sapé comme un prince... Tu as l'air d'être sur un gros coup.

— Et ta directrice?

— Je l'affole un peu... Chico me dit qu'elle passe dix fois par heure devant le Rex Café... Tu ne m'as pas dit où tu vas?

— Au Cercle Bellevue.

Fanfan siffle.

— T'es membre, j'espère, sinon on te fera sortir à coups de pied... Ce truc, c'est le château fort des bourgeois, et ils prennent ça très au sérieux, mon vieux... Faut montrer patte blanche.

— Il y a un type qui m'invite.

— Dans ce cas...

— Qu'est-ce qu'il y a, Fanfan, pourquoi tu me regardes comme ça ?

— Si tu veux un conseil, mon vieux, enlève cet habit que tu as loué visiblement...

— Il est très bien... Tu viens de me dire que je suis sapé comme un prince.

— Première règle : ne jamais s'habiller comme un prince pour aller chez les princes... Tu ne pourras jamais rivaliser avec eux sur ce terrain.

— C'est bon, je comprends... Comment se fait-il que tu saches ça ? Tu n'as jamais été invité chez les riches.

— Je me documente pour au cas où... Je vais te donner un deuxième conseil : joue la sincérité. N'essaie pas de cacher ta situation... T'es pauvre et ils sont riches, c'est tout. Tu peux leur apporter un autre univers...

— Écoute, Fanfan, je ne vais pas séduire la bourgeoisie, je vais là-bas pour une fille...

— Ce que je viens de te dire vaut pour toutes les occasions, mon vieux... Tu me raconteras...

*

Un type bloque l'entrée.

— T'es pas membre, toi !

— Je suis invité par Hansy.

— Attends un moment.

Il reste absent de longues minutes (j'espère que le barman n'a pas oublié d'avertir Hansy) pour revenir accompagné d'un type hilare, visiblement un bon vivant.

— Hansy, ce mec me dit que tu l'as invité.

— Charlie! Charlie, mon vieux! Qu'est-ce que tu fais à la porte? Muscle (il s'adresse au portier), tu ne connais pas Charlie? Il est champion de tennis en Allemagne, pour une fois qu'un Haïtien se place au top niveau...

Muscle jette un regard éteint sur Charlie. Il doit connaître les plaisanteries de Hansy.

— Ne l'écoute pas, lance Charlie... Je ne le connais même pas. C'est quelqu'un (je ne veux pas trahir le barman) qui lui a demandé de m'inviter, vu que je ne suis pas membre.

Muscle jette un nouveau regard sur Charlie, cette fois avec une petite lueur d'étonnement dans les yeux. Hansy se tient les côtes à force de rire.

— T'es drôle, toi, lance-t-il à Charlie tout en lui flanquant une tape dans le dos.

Hansy se promène un moment dans la salle avec Charlie. La joueuse de tennis de ce matin (la jolie brune) s'approche d'eux.

— Merci de m'avoir encouragée ce matin, dit-elle avec un léger accent américain, tout en lui faisant un langoureux clin d'œil.

— C'est rien, dit Charlie calmement... J'aime vraiment ton jeu.

— Oh! c'est vrai? Vous ne savez pas à quel point vous me faites plaisir! Ah merci vraiment.

Et elle continue son chemin en souriant.

— Qu'est-ce que tu lui as fait? Je n'ai jamais vu June aussi excitée... T'as vu le clin d'œil qu'elle t'a fait!

73

— C'est une gentille fille.

— Quoi! dit Hansy... Une gentille fille! C'est une merveille, mon ami. C'est la plus belle fille que je connaisse.

Hansy était excité au plus haut point.

— N'aie pas peur, dit-il, je suis ainsi... Je suis un hypernerveux, tu comprends... Mais là... Je n'ai jamais vu June comme ça... Et toi, tu prends ça cool... Je vois, elle n'est pas ton genre.

Sans que Charlie s'en soit aperçu, quelqu'un s'est glissé près de Hansy.

— Hansy, chéri, dit Mlle Abel, qu'est-ce que tu fais avec cet imbécile?

— De qui parles-tu, Missie? jette Hansy tout en regardant frénétiquement autour de lui.

— Ce type en face de toi, Hansy.

— Lui! Tu le connais?

— Je l'ai vu ce matin.

— Ah! dit Hansy en riant, c'est toi qui jouais avec June... Florence m'a appelé pour me dire que June a avili quelqu'un au tennis, ce matin, et elle n'a pas voulu me dire qui c'était...

— Arrête de rigoler... Lui, je ne sais même pas comment il a fait pour entrer ici...

— Figure-toi que c'est un ami intime... Laissez-moi vous présenter... Dans le coin gauche Missie Abel, bonne joueuse mais sale caractère... et dans le coin droit mon bon ami Charlie... Le match peut commencer...

— Je ne sais pas où tu ramasses tes amis intimes, mais de grâce ne les amène pas ici...

— J'ai pas eu besoin d'ajouter que tous les coups sont permis.

— De toute façon, dit tranquillement Charlie, je n'aime pas les fausses blondes.

— Quoi! Moi, une fausse blonde! Vous êtes fou! Vous ne savez pas ce que vous dites! Je t'avais dit, Hansy, que c'est un imbécile.

— Et plus que les fausses blondes, continue Charlie, je déteste les vraies blondes qui n'arrêtent pas de s'en vanter.

Missie reste bouche ouverte.

— Je vais chercher un whisky, Hansy... Veux-tu quelque chose à boire? dit Charlie.

— La même chose que toi, dit Hansy.

— Et toi? demande Hansy.

— Quoi? dit Missie.

— Veux-tu quelque chose? Charlie va chercher à boire.

— Non, dit-elle brusquement dans un souffle.

Missie semble encore sous le choc après dix secondes.

— K.O. technique, lance Hansy pour arrêter le match.

*

— Tu as vu Hansy? demande le barman.

— Oui, monsieur.

— Et comment ça va avec elle?

— J'ai posé le piège.

— Je t'offre un verre... Qu'est-ce que tu veux?

75

— Deux whiskies... Je paie celui de Hansy.

— Hé là! tu ne vas pas te mettre à payer pour les riches... Ils sont très bons à ce petit jeu... Je t'offre deux whiskies. Je mettrai un peu d'eau dans la bouteille. Tiens, je vais garder cette bouteille sous le comptoir, et je la sortirai vers la fin, aux environs de trois heures du matin, ils n'y verront que du feu... T'inquiète pas, ça fait vingt ans que je suis ici. Je connais les habitudes de la maison. J'ai servi les pères, et maintenant, je sers les fils.

Charlie retourne vers Hansy qui l'attendait à côté du vieux piano.

— Il n'y a que Jacky Duroseau à pouvoir jouer à ce piano. Il l'a complètement détraqué en versant du whisky dessus. Quand il boit, il prétend que le piano doit boire aussi. Il est censé être payé pour jouer le samedi soir, mais il vient quand il veut. Une fois, il est arrivé un lundi... Tu m'apportes un verre, merci Charlie.

— C'est rien... Je ne l'ai pas payé. C'est le barman qui me l'a offert.

Hansy le regarde d'un air étrange.

— Tu dis toujours la vérité, toi? Ici, tout le monde fait semblant... Ils font même semblant d'être riches, alors que la plupart sont au bord de la faillite... T'inquiète pas pour le vieux Samson, il va simplement remplir la bouteille d'eau. Il pense qu'on ne le sait pas, alors que tout le monde est au courant de son petit manège. Après deux heures du matin, personne n'achète de whisky au bar, à part les ploucs...

76

Tu vois qu'on nous regarde. C'est parce qu'ils sont au courant de la petite scène.

— De quoi parles-tu?

— Ben, tu viens de clouer le bec à Missie. Il paraît qu'elle s'est enfermée dans les toilettes. Je leur ai raconté aussi pour June. Sais-tu qui est June Galloway? C'est la fille du consul américain. Pas mal pour un type qui n'est pas membre du Cercle Bellevue. Pour moi, tu es un prince dans ton genre. Même Muscle, que personne n'impressionne, est venu me demander si c'est vrai que tu es un champion de tennis en Allemagne. Tu te rends compte? En une journée, tu as fait perdre la tête à l'inaccessible June, et fait fuir l'acide Missie.

*

Dix minutes plus tard.

— Missie est dehors, Charlie, elle veut te parler.

— Aucun problème.

Ils sortent.

— C'est ta faute, Hansy, dit Missie presque au bord des larmes.

— Qu'est-ce qui se passe?

— Tout le monde dit que je cherche à me battre avec June pour ce type. T'es vraiment une sale langue.

— Puis-je savoir pourquoi tu m'as fait venir? dit Charlie sur un ton courtois.

Missie se tourne vers lui.

— Je veux que vous alliez à l'intérieur leur dire que je ne ressens rien pour vous, dit-elle un peu haletante, et que je ne cherche pas à me battre avec June pour vous.

— Il faut reprendre tout ça parce que je n'ai rien compris... Vous parlez trop vite, lance Charlie avec un sourire en coin.

Elle le regarde avec colère.

— Je ne peux rien ressentir pour quelqu'un comme vous...

— Qu'est-ce que tu veux dire par là ? demande Hansy.

Charlie lui fait signe de ne pas se mêler de cette histoire.

— Mais Hansy, je ne le connais pas... Il n'est pas membre...

— Non, je ne suis pas membre de votre cercle doré, je le sais... Ma mère est une gouvernante, et mon père, un jardinier... Disons plus clairement : des domestiques... Ils ne travaillent pas loin d'ici...

— Alors, comment osez-vous venir ici ?

— Missie ! crie Hansy. Tu ne vois pas que ce type est exceptionnel ? Il n'est pas comme nous, précisément. Il n'a aucune peur de ses origines ni de son identité... Il n'y a personne à l'intérieur du Cercle qui n'ait jamais dit quoi que ce soit de vrai à propos de sa vie. Nous sommes toujours en train de mentir, de cacher nos souffrances, nos désirs, nos peurs... Un homme qui peut clamer ainsi ses souffrances est pour moi un vrai prince.

— Veux-tu nous laisser seuls, Hansy ? demande Missie.

Charlie et Missie regardent Hansy se diriger vers le bâtiment éclairé.

— Vous ne savez pas pourquoi je suis ici ?

— Je sens que vous allez me le dire, jette Missie en retrouvant son ton ironique coutumier (« l'acide Missie », comme on dit).

— Je passais dans le coin. Je vous ai vue traverser la rue pour aller jouer au tennis et je me suis dit : « Celle-là, je la veux. C'est elle ! » C'est l'unique raison de ma présence ici.

Missie le regarde en suffoquant.

— Moi ! Vous ! Pourquoi ?

— C'est comme ça... Je vous veux... Je veux vous entendre gémir, et je vous aurai...

Missie reste comme paralysée.

— Je ne suis pas pressé, dit Charlie calmement.

Et il s'en va. Avant même que Missie ait pu dire quoi que ce soit, il était déjà à la barrière verte du Cercle Bellevue. Le rendez-vous de la jeunesse dorée de Pétionville. Missie sent qu'elle ne pourra pas réprimer plus longtemps son haut-le-cœur. Elle se met à vomir à grands jets jaunes sur l'herbe verte, accroupie entre deux voitures.

Missie reste un long moment à regarder les gens danser à l'intérieur. Elle voit Hansy venir à sa recherche. Vraiment, elle ne se sent pas assez forte pour affronter quiconque. La voilà qui file parmi les voitures luxueuses garées vaille que vaille sur le gazon. Elle ne pense qu'à rentrer chez elle pour s'enfermer dans sa chambre. Elle entend Hansy l'appeler plusieurs fois. « Ce type m'a fait fuir mes propres gens deux fois dans la même soirée », pense-t-elle tout en continuant à courir. La lumineuse robe blanche sous le clair de lune. Tout près d'arriver à la villa, elle est obligée de s'arrêter pour vomir de nouveau.

*

Il est deux heures de l'après-midi. On frappe à la porte de la petite chambre de Charlie.

— Entrez, c'est ouvert.

Hansy arrive.

— Qu'est-ce que t'as fait à Missie ?

— De quoi parles-tu ?

— Elle est complètement partie... Elle est venue chez moi, à neuf heures, ce matin... Tu sais, à neuf heures, j'émerge à peine... Elle voulait que je te retrouve. On t'a cherché partout. Je ne sais pas ce qui s'est passé entre vous, et ça ne me regarde pas, mais j'ai pensé que c'était sérieux...

— Et où est-elle, Hansy ?

— Elle est en bas dans la voiture. Je vais lui dire de monter. Je resterai en bas.

Charlie s'habille fébrilement. Il s'apprête à mettre de l'ordre dans la chambre, mais change d'avis au dernier moment. Finalement, il attend Missie, assis sur l'étroit lit en fer.

Elle entre.

— Bonjour.

— Bonjour.

— Excusez-moi de vous déranger comme ça chez vous, mais je n'ai pas dormi de la nuit.

— Ah!...

— Je n'arrivais pas à comprendre de quel droit vous avez pu penser à moi de cette façon, dit-elle froidement.

— Et c'est pour que je vous explique ça que vous êtes venue jusqu'ici?

Un long moment de silence.

— C'est que j'ai peur du vaudou...

Il éclate de rire.

— C'est pour ça!

Il rit de nouveau, couché sur le lit.

— Non, dit-il, je ne me sers pas du vaudou pour ça.

— Alors?

— C'est une affaire de sang.

— De sang?

— Oui, mon sang veut se mêler à votre sang.

Les lèvres de Missie tremblent un peu.

— Je ne comprends pas.

— Je veux dire que c'est hors de contrôle... Cela n'a rien à voir avec la religion, la race ou même le sexe.

— Si c'est ainsi, alors ça ne me regarde pas, dit-elle en se dirigeant vers la porte.

— Si ça ne vous regardait pas, vous ne seriez pas dans cette chambre.

Elle s'arrête net, comme quelqu'un qui vient d'être atteint d'une balle dans le dos, avant de s'engouffrer dans l'escalier.

81

Charlie est couché sur le dos et regarde le plafond. Il peut rester des heures ainsi.

— Peux-tu me passer dix gourdes, Charlie? demande Fanfan en entrant dans la pièce.

— Où veux-tu que je trouve dix gourdes?

— Charlie, c'est sérieux... Je suis vraiment mal pris, je te les rendrai au début de la semaine prochaine.

Charlie se lève pour aller ouvrir un tiroir.

— Tiens, mais il faut absolument me les rendre lundi.

— Merci, mon vieux, tu me sauves la vie... Au fait, comment ça s'est passé hier soir au Cercle Bellevue?

— J'ai joué, comme tu l'avais suggéré, la carte de la sincérité, et ça a l'air de marcher jusqu'à présent... J'ai rencontré cette fille, Missie Abel...

— Mais je connais ce nom... Est-ce la fille de l'ambassadeur?

— Sa nièce.

— Et puis?

— Elle était ici, juste avant que tu n'arrives.

— Mon vieux, tu joues dans les grandes ligues.

Fanfan repousse Charlie jusqu'à ce qu'il tombe sur le lit.

— Attends, Fanfan, tu n'as pas bien compris.

— Dis-moi ce que ça te fait de baiser une fille riche!

Un silence.

— Non, Fanfan, elle est simplement passée me dire que nous ne sommes pas du même monde.

— A ses yeux, tu n'es qu'un chien.

— C'est ça.

Un silence plus long.

— Je dois partir, mon vieux... T'inquiète pas pour ton argent, je te le rendrai lundi sans faute.

Fanfan rate une marche de l'escalier.

— Merde! Merde! Merde! Et merde!

*

Trois jours plus tard. Deux heures de l'après-midi.

Charlie grimpe lourdement les marches de l'escalier raide qui mène à son appartement. Missie l'attendait au sommet.

— Vous êtes là depuis longtemps?

Elle lève vers lui un regard implorant.

— C'est Hansy qui vous a déposée?

— J'ai pris un taxi.

Il ouvre la porte et la laisse passer d'abord. Elle entre et va s'asseoir sur l'unique chaise. Charlie reste debout. Elle se tient là sans dire un mot. Subitement, elle se lève.

— Au revoir.

Elle plonge dans l'escalier au risque de se casser le cou. Il écoute un moment, espérant qu'elle arrivera en bas saine et sauve. Il va s'asseoir sur la chaise qu'elle a occupée et attend.

Il attend.

Deux heures plus tard, elle revient. Il entend ses pas ailés dans l'escalier. Il se dit que ses pieds feront bien de s'habituer à grimper cet escalier, ce qu'ils auront à faire plusieurs fois par jour à partir de maintenant. Un léger grattement à la porte.

— C'est ouvert.

Elle entre. Il ne se lève pas.

Elle reste plantée au milieu de la pièce. Il la regarde calmement.

— Je n'en peux plus.

Il continue à la regarder.

— Je veux...

Elle s'arrête comme foudroyée. La tempête doit faire rage dans sa tête. Lui, il attend silencieusement.

— Je veux...

Elle s'arrête de nouveau.

— Je veux...

Ses genoux plient légèrement.

— Tu l'as dit l'autre jour, tu l'as dit...

— Qu'est-ce que j'ai dit?

Moment de flottement. Elle se reprend. Il a l'impression qu'elle pourrait lui échapper. Finalement, elle baisse la tête.

— Tu as dit que tu... me feras... gémir...

Charlie ne répond rien.

— Je ne sais pas pourquoi, continue-t-elle, mais depuis je ne pense qu'à ça...

Il décide de ne pas la prendre aujourd'hui. Elle souffre, mais sa douleur est son plaisir.

*

Mercredi matin. Comme toujours, Charlie trouve la barrière ouverte. Sa mère est en train d'éplucher des pommes de terre dans la cuisine propre et bien éclairée. Il arrive silencieusement dans son dos. Elle chante *Les roses blanches de Corfou*. Sa chanson du bonheur. Celle qu'elle chante quand elle est heureuse.

— Ah! C'est toi, dit-elle sans se retourner.

— Comment ça va?

— Très bien, mon chéri.

— Et papa?

— Ton père, il est tout excité parce qu'il a planté dernièrement des oiseaux du paradis, tu sais comment ces plantes sont difficiles à faire pousser... Alors, hier, il m'a obligée de venir dans le jardin, ce que je déteste à cause des anolis, pour voir les magnifiques fleurs qui ressemblent vraiment à des oiseaux. Même l'ambassadeur a été impressionné.

— Et Mlle Abel?

La mère regarde son fils avec étonnement.

— Pourquoi tu me demandes ça?

— Mon père et elle ne s'entendaient pas, et, si je me rappelle, tu étais très inquiète aussi.

— Oh! on ne la voit plus maintenant. Avant, elle était toujours dans nos jambes. Elle ne rentre même plus pour le dîner. Et quand elle est là, elle s'enferme dans sa chambre.

— Et ça ne te dérange pas?

— Oh non! C'est bien mieux comme ça...

— Bon, maman, faut que je parte.

— Déjà... As-tu besoin d'argent? Je n'en ai pas beaucoup, mais...

85

— Non, ça va.

— Tu es sûr que tu ne veux rien?

— Sûr.

— Bon, n'oublie pas de fermer la barrière derrière toi.

— Oui, maman.

UN TABLEAU NAÏF

> Je vous annonce le printemps avec
> le couple au centre du paysage
>
> DAVERTIGE

Je m'appelle Laura Ingraham. J'ai trente-cinq ans. Je plais beaucoup aux hommes parce que je suis grande, svelte, blonde, mais je leur fais aussi un peu peur parce que je suis une intellectuelle new-yorkaise. Je suis née à New York, et j'y ai toujours vécu. J'aime cette ville. Sa dureté surtout. New York ne croit pas aux larmes, comme Moscou d'ailleurs. Mon bouquin préféré, c'est *Petit déjeuner chez Tiffany* de Truman Capote, que je garde toujours dans mon sac à main et que je sors dès que je m'ennuie quelque part. Andy Warhol fut longtemps mon dieu. Je collectionne tout ce qui touche à cette époque (fin soixante, début soixante-dix), l'époque de Factory, le studio de Warhol. Mon plus grand regret est de n'avoir jamais été au Studio 54 quand Jackie Kennedy, Liza Minnelli et Bianca Jagger y allaient. Mon type d'homme : le photographe et aventurier Peter Beard. Mon film préféré est bien sûr *Manhattan* de Woody Allen, que j'ai vu plus d'une douzaine de fois. J'adore aussi les sous-vêtements masculins de Calvin Klein. Vous vous souvenez de ce que portait Diane Keaton dans *Annie Hall* ? Eh bien ! j'ai porté les mêmes trucs pendant des années jusqu'à ce qu'un de mes amants (un critique musical du magazine *Rolling Stone*) m'avait fait savoir que passé l'adolescence, un tel jeu devient ridicule. Mais ce n'était pas un jeu pour moi.

*

J'ai un autre côté que personne ne soupçonne. Mon jardin secret. C'est une histoire qui remonte à mon enfance. J'avais cinq ans. Mon père avait rapporté à la maison, un jour, un tout petit tableau (un paysage) qu'il avait placé dans ma chambre, au-dessus de mon lit. Un simple paysage naïf. Des fois, la nuit, quand j'avais peur dans ma chambre, je passais un long moment à regarder le tableau (cette nature colorée, riante, lumineuse) jusqu'à ce que je me sois calmée. Des fois, j'imaginais ma vie là-bas. Si j'étais née dans un pareil endroit et non à Manhattan. Mais j'ai besoin des deux. Mon paysage réel et mon paysage imaginaire. Manhattan m'excite. Et ce paysage me calme. Je crois que cette dualité fait partie de ma nature profonde. Comme tout être excité, je peux aussi rester tranquille et silencieuse pendant des heures. Mes amis ignorent totalement cet aspect de ma personnalité. Ils ne connaissent que cette fille capable, en un seul après-midi, de passer plus de deux heures chez Bloomingdale à chercher une écharpe qu'elle portera à un cocktail plus tard, pour filer tout de suite après dans le Queens à cette soirée chez d'excellents amis, avant de finir la nuit dans une nouvelle boîte à Long Island. Quelle que soit l'heure, je ne rentre jamais me coucher sans prendre la peine de passer acheter quelques bagels chauds sur Park Avenue. C'est cette fille urbaine jusqu'au bout des ongles que mes amis (même les plus proches) connaissent. Alors que je peux être aussi cette paysanne qui se lève au chant du coq pour aller, pieds nus dans la rosée du matin, ramasser les fruits mûrs tombés durant la nuit. Suis-je schizophrène comme la majorité des habitants de cette ville ? Quand j'ai quitté la maison familiale pour aller louer ce studio près de l'université Columbia, je n'ai emporté avec moi que ce « paysage ». Je l'ai tout de suite accroché sur le mur de ma chambre. Quand il m'arrivait de me réveiller la nuit, tout en sueur (la solitude et la peur combinées), c'est uniquement la vue de ce paysage (le seul élément constant de ma vie) qui parvenait à me calmer.

*

Je ne savais pas encore de quel pays venait ce tableau. J'aurais pu facilement remonter à ses origines, si je l'avais voulu, en consultant tout bonnement quelques bouquins d'art à la Bibliothèque municipale. Cela ne m'a jamais intéressée. Ce paysage existe de manière si concrète pour moi que je n'ai jamais pensé le rattacher à un pays. Sauf le pays intérieur. Mais celui-là, je le transporte partout avec moi. J'avais rendez-vous avec une vieille copine à ce bar, pas loin du MOMA (le Musée d'art moderne de New York). Comme j'étais arrivée trop tôt (une manie chez moi), je suis allée passer le temps au musée. Il y avait cette exposition d'art naïf haïtien. Et là, j'ai vu, avec une stupéfaction croissante, des tableaux immenses (plus par leur qualité que par leurs dimensions) dans le genre de mon petit paysage. Il ne s'agissait plus d'un pays dans ce cas, mais d'un univers. Un monde enchanté. Des couleurs éclatantes. Des animaux, des gens (beaucoup de gens), des montagnes. Des ajoupas au flanc des montagnes bleues. Des poissons dans l'air. Des bœufs traversant des rivières en crue. Des combats de coqs. Des marchés. Des femmes longilignes descendant calmement des mornes avec de lourds paniers sur la tête. Des enfants jouant dans des décors de rêve. La mer. La mer, partout. Et personne qui la regarde. La vie naturelle. Ce n'est qu'après avoir fait le tour complet que j'ai commencé à regarder le nom des peintres. Des noms qui dansent au coin des tableaux. Salnave Philippe-Auguste, l'ami du Douanier Rousseau (« Je veux parler du *Rêve* de Rousseau. Comme on peut penser que tout est contenu dans l'Apocalypse de saint Jean, je ne suis pas loin de croire que dans cette grande toile, toute la poésie, et avec elle toutes les gestations mystérieuses de notre temps, sont incluses... » André Breton, 1942). Ce texte est écrit sur tout un pan de mur dans le fond de la salle où trônent les grandes jungles de Salnave Philippe-Auguste. Dans l'autre pièce : les villes imaginaires de Préfète Duffaut. La délicatesse et la précision maniaque de Rigaud Benoît. La candeur de Jasmin Joseph. Saint-Brice qui m'attire et me fait peur en même temps. Et l'immense Hector Hyppolite (un Homère qui aurait préféré les couleurs aux signes). Ce qui a emporté totalement mon adhésion, c'est la vision naturelle de la mort qui émane de ces tableaux magiques. Vie et mort entremêlées. On se demande même si la mort ne précède pas la vie. Moi qui ai toujours eu peur du noir, pour la première fois, je me suis sentie calme face à des symboles de la mort (les tableaux d'André Pierre surtout). Je ne sais pas ce qui s'est passé (le gardien du musée est venu quand même jeter un coup d'œil inquiet dans la pièce où je me trouvais seule), mais je n'ai plus sentie ce bloc de ciment sur ma poitrine qui m'empêchait de respirer normalement depuis mon enfance. C'est mon peuple ! C'est mon peuple ! C'est mon peuple ! Je dois retrouver mon peuple ! Je me suis senti comme un animal qui avait égaré son troupeau depuis des années, et qui vient de le retracer. Je dois absolument me rendre là-bas tout de suite. C'est une question de vie ou de mort.

*

J'ai quitté New York le lendemain, et depuis je vis en Haïti. J'ai habité quelques mois à Port-au-Prince (je n'ai pas pu supporter longtemps ces gens du Cercle Bellevue qui m'apparaissaient complètement absorbés par eux-mêmes, car cela ne m'intéressait nullement de refaire à Port-au-Prince cette vie artificielle de Manhattan que je venais tout juste de quitter) avant de rencontrer Solé, un paysan de l'Artibonite que j'ai suivi là-bas. Je m'occupe de la maison, de mon fils Choual (Cheval) (ce petit nègre aux cheveux blonds qui joue au football là-bas, avec ses camarades de classe) et de la vente des produits de notre champ de riz. L'Artibonite est le département du pays où l'on produit le plus de riz. Notre riz est très parfumé. C'est le meilleur d'Haïti. Si jamais vous passez dans la région de Hinche, Verrettes, Petite-Rivière, Pont-Sondé, Marchand-Dessalines, Saint-Marc, et même Gonaïves, demandez la paysanne blanche, et on vous indiquera ma maison. Je m'appelle Laura Joseph, j'ai quarante-sept ans aujourd'hui et je vis avec mon mari et mon fils dans le tableau de mon enfance.

UNE MAISONNETTE AU FLANC
DE CETTE MONTAGNE BLEUE

Rebecca est arrivée, il y a trois jours, avec son mari et ses trois enfants (deux jumelles de dix ans et un garçon de huit ans). Ils vivent à Londres où son mari s'occupe d'une galerie d'art. Ses amis l'appellent Becky. Becky est une grande blonde au visage un peu sévère. Elle a de petits seins, et fut championne au lancer du disque, il y a quelques années. Becky fait de l'équitation dans une grande propriété, dans la banlieue de Londres, le week-end. Sa famille possède de vastes terres en Australie et une immense maison au cœur du vieux quartier de Londres. Son père est lui-même un ancien officier de la Royal Navy et un athlète accompli. Becky a reçu une éducation de Spartiate. Elle ne porte jamais de bijoux, sauf à de rares occasions (ce collier de perles que lui a donné sa mère pour son mariage).

Tout le monde s'accorde pour dire, en parlant de Becky, que c'est une bonne fille. Droite, honnête, old fashion. Le tempérament du sportif anglais. Becky a rencontré son mari à un vernissage, où elle accompagnait simplement une amie, et ils se sont mariés moins de six mois plus tard. Rebecca Hunter vient d'avoir quarante ans, et ce voyage à Port-au-Prince est en quelque sorte un cadeau d'anniversaire de mariage.

*

Becky a voulu emmener ses enfants avec elle, malgré que sa mère ait insisté pour les garder à Londres.

— Becky, tu ne crois pas que John aimerait être avec toi sans les enfants, cette fois ?

— N'insiste pas, maman. J'emmène les enfants. Ils vont adorer la mer. On a la montagne et la mer là-bas.

— Becky, peut-être que je me suis mal fait comprendre : il y a des fois où une femme est simplement une femme.

— Que veux-tu dire par là ?

Sa mère la regarde droit dans les yeux.

— Becky, tu as quarante ans, tu dois comprendre ce dont je te parle, j'espère.

— Bien sûr, maman, mais ça ne m'intéresse pas d'être seule avec John.

Mme Hunter fait mine de caresser une statuette africaine représentant une tête d'homme aux traits négroïdes très prononcés, mais change d'idée au dernier moment. Sa main reste largement ouverte, signe de grande nervosité chez elle.

94

— Tu n'aimes pas ton mari?

— Ce n'est pas la question, maman.

— Il te néglige.

— Maman, quand est-ce que tu vas comprendre que ces choses ne m'intéressent aucunement?

La mère fait quelques pas dans la pièce avant de se retourner vivement vers sa fille.

— Tu préfères les femmes?

— De quoi parles-tu, maman!

— Je sais de quoi je parle, Rebecca. Tu peux tout me dire.

— Non, maman, je n'ai aucune attirance pour les femmes.

— Alors, qu'est-ce qui t'intéresse?

— J'aime m'occuper de mes enfants, faire du cheval ou visiter la campagne avec mes amies. Voilà ce que j'aime faire.

— Et ton mari?

— Mon mari est mon mari.

— Je vais te dire une dernière chose, Becky : nous, les femmes, nous sommes beaucoup plus complexes que tu sembles le croire... Enfin, tu verras...

Becky la regarde un moment. Elles se font face au milieu du grand salon londonien encombré de statuettes africaines grandeur nature, de longues défenses d'éléphant, de terrifiants masques béninois, de trophées de chasse et de magnifiques lances guerrières venant de la fameuse collection du colonel Hunter.

— Bon, laisse-moi t'embrasser, maman, je n'ai pas encore acheté les maillots de bain des jumelles...

— Bon voyage, chérie.

— Ce n'est que pour huit jours, maman, tu reverras tes petits-enfants très bientôt, et je te promets de bien m'occuper d'eux.

*

Les enfants n'ont pas dormi dans l'avion. Ils ont même été désagréables, et Becky a été obligée de les réprimander à plusieurs reprises. John-John a voulu aller aux toilettes pas moins de huit fois, un peu par vengeance. Il déteste rester assis, plus même que manger des brocolis. Et chaque fois, Becky a dû l'accompagner. John, lui, a lu son magazine *The Economist* durant tout le vol. Les jumelles n'ont pas arrêté de se chamailler. Finalement, quand l'avion s'est posé à l'aéroport de Port-au-Prince, Becky était hors de combat. Un autobus les attendait (avec quelques autres voyageurs) pour les conduire, loin de la capitale, vers ce petit village pittoresque qu'ils avaient vu dans un dépliant touristique.

— Regarde, maman, crie John-John, on dirait des maisons faites pour les enfants.

— Non, marmonne John, c'est pour les touristes.

— Veux-tu laisser tomber ton cynisme un moment, John! a presque jappé Becky.

— Regarde la mer! lancent les jumelles en chœur.

L'autobus a pris une route en terre noire longeant la mer turquoise. De l'autre côté du chemin, un interminable champ de cannes. Un petit vent taquin soulève la poussière, empêchant quelquefois le chauffeur d'accélérer. L'autobus croise une femme en noir derrière un âne.

— Regarde! Un âne! lance une des jumelles.

Au loin, la montagne bleue. Une maisonnette à flanc de montagne.

— Je pourrais vivre facilement ici, dans cette cahute, dit Becky.

Son mari jette un bref regard sur la maisonnette.

— Pas moi, lâche-t-il sèchement.

— Je ne pensais pas à toi, murmure-t-elle comme pour elle-même.

Un moment après, l'autobus se range tranquillement devant un petit hôtel placé de guingois au bord de la route.

— On dirait une peinture naïve, dit une des jumelles.

*

On a défait les valises tout de suite. Les enfants ont pris une légère collation, et tout le monde s'est mis au lit pour une bonne sieste. Sauf Becky. Curieusement, elle ne se sent plus fatiguée, malgré ce voyage extrêmement long et épuisant. Elle choisit, finalement, une robe jaune et des escarpins blancs pour aller faire une reconnaissance des lieux. L'air chaud la frappe en plein visage. Étrangement, elle se sent bien, si loin de Londres. Plus elle marche, moins elle sent la fatigue. Becky a soudain la nette impression qu'elle peut continuer ainsi sans jamais s'arrêter ni vouloir revenir sur ses pas. A un tournant, elle rencontre un homme qui semble avoir de la difficulté avec son cheval.

— Puis-je vous aider ?

L'homme se retourne vivement pour jeter un rapide coup d'œil à cette étrangère tout en continuant à se battre avec l'animal.

— Laissez-moi faire, lance Becky d'une voix qui ne tolère pas de réplique.

Elle attrape le cheval par la tête, et tout en le caressant, lui enlève le mors qui s'était coincé dans sa bouche. L'action a duré à peine dix secondes. L'homme la remercie sèchement en soulevant son chapeau, tourne bride et lance le cheval à toute allure vers la montagne.

Becky revient ensuite vers l'hôtel. Un soleil rouge déjà à moitié dans la mer.

*

Le lendemain matin, Becky se réveille la première. Elle descend prendre son café avant la cohue. Une énorme femme au visage hilare l'attendait dans la salle.

— Madame Hunter ?

— Oui, dit-elle.

— Quelqu'un a laissé ce paquet pour vous, hier soir.

— Mais je ne connais personne ici.

— C'est un homme qui prétend que vous l'avez aidé avec son cheval.

— C'est vrai... Il n'avait pourtant pas l'air content.

— Il est toujours comme ça.

— Ah! dit Becky vaguement intéressée, vous le connaissez?

— J'ai l'habitude de le voir par ici. Je ne connais pas son nom. Il n'adresse la parole à personne. Il vient, paraît-il, d'un autre village dans le nord du pays. Ce sont des paysans très fiers.

— Et qu'est-ce qu'il fait, ici? demande Becky d'un ton légèrement aigu.

— Je ne sais pas... Personne ne le sait... Regardez, madame, vous pouvez apercevoir d'ici sa maisonnette.

— Laquelle?

— Celle-là... Il l'a construite, il y a à peine un mois. Quand un homme construit une maison par ici, c'est généralement pour une femme.

— Ah oui?

— Lui, il n'a pas de femme, laisse tomber l'aubergiste d'un ton las.

Becky ouvre le paquet.

— Oh! s'exclame l'aubergiste, ce sont des herbes parfumées.

Et elle prend une pleine poignée qu'elle respire longuement.

— Respirez aussi, madame, ça sent terriblement bon.

Becky se trouve immédiatement submergée par l'odeur de la terre caraïbe.

— Et qu'est-ce que je vais faire de ça? demande-t-elle d'un ton à la fois ravi et étonné.

— Mettez-en un peu partout, madame... Dans votre bain, dans votre chambre, sur votre lit, sur vos vêtements.

— Et pourquoi m'a-t-il fait ce cadeau ?

La grosse aubergiste éclate de rire. Tout son corps tressaute.

— Quand un homme vous offre des herbes parfumées, ici, c'est qu'il vous veut...

— Que veut-il de moi ? demande une Becky légèrement paniquée.

— C'est vous qu'il veut, madame.

Et elle continue à rire. Becky se lève un peu abasourdie, comme un boxeur inexpérimenté qui vient de recevoir un coup derrière la nuque au moment où il se tournait vers l'arbitre.

*

La tribu a passé la journée à la plage. Au retour, ils ont chanté jusqu'à l'hôtel.

— Qu'est-ce qu'il me veut, ce paysan ? jette John d'un ton maussade.

— Qui ? demande Becky.

— Celui-là, il nous suit depuis un certain temps, il a l'air de vouloir te parler.

— Peut-être qu'il veut quelque chose...

— Il n'a pas l'air d'un mendiant ou de quoi que ce soit de ce genre. Et je n'aime pas son sourire, termine John.

— Je ne le connais pas, dit Becky d'un ton presque naturel.

100

— Je vais lui demander ce qu'il veut.

— Laisse tomber, John.

« Ce qu'il veut, pense Becky et cette pensée l'affole, c'est ta femme ».

*

A peine entrée dans la chambre, Becky lance :

— Tout le monde à la douche et lavez-vous bien les cheveux.

— Oui, maman, dit une des jumelles, l'eau de mer est nocive pour les cheveux.

— Tu nous l'as tellement répété, maman, ajoute l'autre jumelle.

— Je n'aime pas les petites impertinentes, jette Becky sur un ton de fausse colère... Toi, John-John, évite de mettre du sable partout.

— Mais maman...

— Je ne veux rien entendre... J'ai une terrible migraine...

— Écoute, Becky, calme-toi, on est en vacances, dit John.

— C'est facile pour toi de parler, crache Becky, tu es toujours fourré dans tes magazines.

Les enfants s'enfuient vers la salle de bains.

— Qu'est-ce qui te prend ?

— Rien. Rien qu'à voir ton visage, John, je me sens déprimée.

— Mais qu'est-ce que j'ai fait ?

— Surtout rien... J'ai une de ces migraines !

— As-tu tes règles, chérie ?

— Merde ! John.

*

Les enfants ont fini, semble-t-il, par se doucher.

— Je veux que vous nettoyiez la salle de bains... Je ne veux pas voir des cheveux partout, vous m'entendez?

— Oui maman, lancent-ils en chœur.

— Séchez-vous bien les cheveux, et, quand vous aurez fini, faites-moi couler un bain.

— Si tu permets, dit John, je vais d'abord prendre une douche.

John se dirige vers la salle de bains. Becky regarde ses mains trembler. « Seigneur, pense-t-elle, qu'est-ce qui m'arrive? »

— Apportez-moi un peigne et une brosse, je vais vous coiffer tout de suite... Toi, John-John, essuie-toi correctement, tu n'es plus un bébé...

Le regard triste de John-John. Il y a à peine trois jours, Becky l'aurait pris dans ses bras pour le consoler. Aujourd'hui, elle ne ressent rien. Et John-John a senti cela. Il s'essuie méthodiquement tout en regardant sa mère.

— Voilà, allez vous habiller maintenant, et ne vous chamaillez pas.

La voix de John venant de la salle de bains. On entend aussi le bruit du rasoir.

— Tu veux que je te fasse couler un bain, chérie?

Becky a décidé de ne pas répondre.

— Je te demande si tu veux prendre un bain?

Silence.

— As-tu changé d'avis ou veux-tu encore prendre un bain ?

— Merde ! John.

— On ne peut plus te parler.

— J'en ai rien à foutre de tes questions stupides, John.

— C'est la première fois que je te vois aussi nerveuse.

Becky serre fermement le peigne brun et la brosse pour que ses mains arrêtent de trembler. Elle respire par la bouche. Un mince filet d'air.

— Es-tu enceinte ?

— De qui ?

— Quelle question ! s'exclame-t-il en rigolant.

Un rire gêné.

*

On entend trois petits coups discrets à la porte de la salle de bains.

— C'est qui ? demande sèchement Becky.

— C'est moi, maman, dit John-John d'une toute petite voix apeurée.

— Entre mon chéri.

John-John se tient près de la porte, les larmes aux yeux.

— Qu'est-ce qu'il y a, John-John ?

— Tu ne m'aimes plus.

Becky ne s'attendait pas à ce coup de Jarnac.

— Pourquoi dis-tu ça ? Maman est tout simplement fatiguée.

Le visage fermé et triste de John-John.

— Tu ne nous aimes plus.

— Mais qu'est-ce qui te fait dire ça?

— Tu n'es pas là... Tu n'es pas avec nous...

— Mais tu me vois, chéri! Comment peux-tu dire une chose pareille! Que veux-tu dire?

Silence de John-John qui semble n'avoir plus rien à ajouter. Il a déjà tout dit. Il ne lui reste que son immense tristesse.

— Viens ici, chéri, viens dans les bras de ta mère... Et là, tu ne me sens plus?

John-John sourit.

— Ça sent drôlement bon ici, maman...

— Ce sont des feuilles de plantes odoriférantes, bébé.

— Je suis toujours ton bébé?

— Bien sûr, mon chéri.

*

Becky est enfin seule. Elle pense à ce que sa mère lui a dit à propos du fait d'être une femme. Une femme face à un homme. Un homme qui vous réclame. Et cette maisonnette au flanc d'une montagne bleue.

Becky se sent comme une voyageuse qui revient chez elle après des années. Elle a vu toutes les merveilles du monde, mais la seule chose qui l'émeut vraiment, c'est sa maisonnette.

Becky se prend à penser que, peut-être, la nature n'est pas au courant de ce qui se passe à sa surface.

Les questions de couleur, de race, de nationalité, de classe sociale et de culture. Elle fait son travail. Tout au fond de la mine. La surface ne l'intéresse pas.

Becky pense que tout la sépare de John et que tout la relie à cet homme dont elle ignore même le nom. Est-ce possible?

Peut-être aussi que les noms des gens ne veulent rien dire. La nature est aveugle, sourde et muette. Alors pourquoi m'avoir créée à Londres avec des cheveux blonds et des yeux verts, quand je ne suis, en réalité, qu'une simple paysanne du sud d'Haïti?

La nature ne répond pas à cette question non plus.

*

John sent que Becky n'est plus dans le lit. Il a encore les yeux fermés quand il passe sa main sur l'oreiller vide. «Elle est sûrement dans la salle de bains», pense-t-il. Au début de leur mariage, cela l'a beaucoup préoccupé. Cette manie de passer une partie de la nuit assise sur la cuvette des toilettes. La tête entre les mains. Et quand il lui demandait ce qu'elle faisait là, elle répondait invariablement qu'elle n'arrivait pas à respirer à côté de lui.

— Chérie, tu ne te sens pas bien?

Aucune réponse.

— Tu veux que j'appelle un médecin? lance-t-il tout en se demandant où il va trouver un médecin fiable dans ce trou perdu.

John se demande brusquement ce qu'il fait là, au lieu d'être en vacances à Rome, Madrid, New York ou même Kingston. Becky a raison, au fond, il ne s'implique pas assez dans la vie. Il fait les choses trop machinalement. Là, maintenant, par exemple, il utilise les mêmes questions et les mêmes réponses qu'il sort de son vieux jeu de cartes depuis plus de vingt ans. Il croit vraiment avoir perdu tout goût du risque. Après un moment, il en est encore à se demander s'il doit se lever ou continuer à dormir. Finalement, il décide de se lever.

— Becky! Qu'est-ce que tu fais?

Les enfants dorment sur le plancher dans les sacs de couchage bleus. John se rappelle les avoir achetés, à Londres, un jour de pluie. John-John ressemble à ce petit page qu'il a vu, il y a quelques années, au Prado. Il jette un regard attendri sur les jumelles. On dirait des siamoises quand elles dorment ainsi dans le même sac de couchage. Il descend l'escalier en s'interdisant de courir. La grosse aubergiste est déjà en train de siroter tranquillement son café.

— Voulez-vous une tasse de café chaud, monsieur?

L'odeur du café et la faible lumière de l'aube créent, dans cette minuscule salle à manger, une ambiance très intime.

— Je cherche ma femme.

— Hum...

— Savez-vous où elle est?

— Oui, répond la grosse aubergiste calmement. Elle m'a demandé de vous le dire.

— Ah! j'aurais dû m'en douter, elle est allée faire une promenade sur la plage, dit-il en reprenant déjà des couleurs.

— Non, elle a pris la direction de la montagne...

— Savez-vous de quel côté?

— Oui, dit la grosse aubergiste d'un ton si neutre qu'il en est presque alarmant.

— Je vous écoute, madame, jette John sur un ton très british.

Il n'est déjà plus un homme affolé, mais un Anglais qui parle à un inférieur.

— Venez par ici, monsieur, dit l'aubergiste avec ce très léger sourire sur les lèvres (pratiquement invisible à l'œil nu)... Vous voyez cette maisonnette, là-bas?

— Oui.

— C'est là que vous trouverez votre femme.

John blêmit.

— Qu'est-ce qu'elle fait là? hurle-t-il, se reprenant tout de suite.

— Quand vous sortez sur la route, tournez à droite et prenez le premier sentier que vous verrez sur votre gauche... Vous m'entendez, monsieur?

— Oui, fait-il d'une voix blanche.

— Alors, vous prenez le premier sentier sur votre gauche. Ça va directement à la maisonnette... Vous ne pourrez pas la manquer.

— Merci.

— Ne vous inquiétez pas pour les enfants, je m'en occupe, dit-elle avec beaucoup de sympathie dans la voix.

— Combien je vous dois?

— Rien, monsieur, fait-elle avec un discret petit rire... Je vous conseille d'y aller avant que le soleil ne se manifeste vraiment... Vous n'avez pas de chapeau?

— Oui, j'ai un chapeau, mais il est resté là-bas.

— Je vais vous le chercher... Juste un instant.

Il semble réfléchir douloureusement.

— Mon chapeau est à Londres.

— Je vois... Prenez celui-ci, sinon vous allez bientôt vous changer en écrevisse... C'est une bonne heure de marche pour quelqu'un comme vous qui n'est pas habitué à grimper cette côte.

— C'est quoi encore le chemin?

— Je vous l'ai dit, monsieur, prenez cette route, juste devant l'hôtel, puis tournez à gauche et continuez tout droit, c'est très simple...

*

En effet, le soleil est arrivé assez vite. John marche d'un bon pas. Ses yeux sont rivés sur la maisonnette. « C'est vrai qu'elle est jolie! se dit-il. Mais qu'y fait Becky? Peut-être qu'elle veut acheter la cahute et en faire une maison de vacances. Voulait-elle m'en faire la surprise? » Et il se dit qu'il ne sait presque rien de ce que Becky peut penser. « Elle est anglaise, comme moi. On a toujours vécu à Londres. On dort dans le même lit depuis bientôt quinze ans. Et on partage trois magnifiques enfants. Je l'appelle " chérie ". Elle m'appelle " John ". C'est curieux : elle ne m'a jamais appelé autrement. Diana (sa maîtresse) m'appelle

« mon crapaud », c'est stupide, mais au moins elle fait un effort. C'est ça, Becky ne fait aucun effort pour créer une intimité entre nous. Parfois, j'ai même l'impression que nous n'avons jamais fait l'amour ensemble. Elle ne s'intéresse vraiment qu'aux chevaux. Ce visage parfaitement tranquille au plus fort d'une relation sexuelle (notre relation mensuelle), un visage libre de sentiment, comme la flamme d'une bougie dans un temps mort du vent. C'est la Becky que j'ai toujours connue au lit. C'est vrai qu'elle s'occupe admirablement des enfants. Mais que fait-elle là-bas dans cette maisonnette qui semble reculer au fur et à mesure que j'avance ? »

*

Elle se tient debout sur la galerie, légèrement appuyée contre le poteau du centre.

— Qu'est-ce que tu fais là ? demande John.

— Mais tu es complètement en sueur ! Viens t'asseoir ici, je vais te chercher un verre d'eau.

Et elle disparaît dans la maison pour revenir tout de suite avec un verre d'eau bien fraîche.

— Mais qu'est-ce que tu fais ici, Becky ?

— Tu répètes la même chose, John. Je t'ai entendu.

— Mais tu ne m'as pas répondu.

— Reprends ton souffle... La dernière pente est assez raide.

— Je ne comprends pas, Becky.

— C'est pour moi qu'il a construit cette maison, dit-elle d'une voix qu'il ne lui connaissait pas.

109

— De qui parles-tu ?

— Tu te souviens, John, dès que j'ai vu cette maisonnette, j'ai ressenti comme un coup de poing au plexus.

— Tu veux l'acheter, c'est ça ?

— A partir de maintenant, John, j'habite ici.

— D'accord, j'ai compris... On va passer tout le temps qu'il faut ici jusqu'à ce que tu puisses...

— Tu refuses de comprendre... J'ai un homme dans ma vie, et c'est ici qu'il habite.

— Es-tu folle ?

— Absolument pas.

— Et les enfants ?

— Ma mère t'aidera... C'est son rêve d'avoir les enfants avec elle.

— Tu laisses tomber tes enfants, Becky ?

— N'insiste pas, John, tu ne m'auras pas avec ce chantage... J'ai fait le calcul, j'ai quarante ans. Dans dix ans, il sera trop tard pour moi, alors que toi, tu commenceras à peine à courir derrière les fillettes à la sortie des lycées.

— Je ne te quitterai jamais, Becky.

— Écoute, John, il me reste quinze ans à tout casser, et je n'ai l'intention de les passer ni avec toi ni à Londres.

— Et tes enfants ? Tu crois que je vais m'en occuper à ta place...

— Donne-les à l'orphelinat, John. Tu paies assez de taxes comme ça. L'État te doit bien cette faveur...

Et elle rit. Un rire qu'il ne lui connaissait pas non plus. Mais la connaissait-il ?

— Qui ? Quelqu'un qui était dans l'avion avec nous, j'imagine ?

— Tu as mis du temps, John... C'était supposé être ta première question.

— Ne sois pas sarcastique, Becky, cela ne te va pas.

— Ah oui, tu sais maintenant ce qui me va... Tu l'as vu, hier après-midi...

— Je n'ai rencontré personne, hier après-midi.

— Bon Dieu ! John, tu l'as vu, et tu m'as même fait remarquer qu'il nous suivait depuis un moment.

— Mais Becky, c'est un paysan que j'ai vu...

— Tu es chez lui.

— Je ne comprends pas. Je suis chez qui ?

— C'est mon homme.

— Qu'est-ce que tu veux dire ? Ce paysan serait ton homme ? Et depuis quand ?

— Depuis cette nuit. Ne me force pas à donner plus de détails, John. D'ailleurs le voilà...

— Où ça ?

— Tourne-toi, John, tu verras...

L'homme est en train de grimper la dernière pente raide. Il le fait avec une certaine agilité. Il enlève son chapeau en s'approchant de John qu'il salue d'un sourire à la fois timide et fier. L'extrême politesse des paysans du nord de ce pays. John lui serre la main. Becky sourit.

HARRY HORS DES MURS

Charlie, pour une fois, est à l'heure. Fanfan l'attendait au Rex Café en lisant un Carter Brown.

— Excuse-moi, mon vieux, lance Charlie en arrivant... Oh ! là ! là !, c'est impossible ce matin. Il y a un de ces embouteillages qui part de la boulangerie « Au beurre chaud » pour descendre jusqu'au Firestone.

— C'est pas ton chemin pourtant...

— Je te raconte ce qui se passe en ville... T'écoutes pas la radio, toi ?

— Jamais !... De toute façon t'es pas en retard.

— Comment ça ?

— C'est à onze heures... Je t'ai dit neuf heures pour que tu sois pour une fois à l'heure.

— Mais il n'est même pas onze heures, Fanfan...

— Exactement... Onze heures moins cinq... Tu vois que t'es à l'heure...

Charlie s'assoit tout en faisant signe au garçon de lui apporter sa commande habituelle (un sandwich et un grand verre de jus de papaye).

— Je ne peux pas croire que tu m'aies fait ça...
J'ai éliminé plein de rendez-vous pour être ici...
— Je ne vois pas de quoi tu parles... On avait rendez-vous à onze heures, et t'es arrivé à onze heures moins cinq. A quelle heure pensais-tu arriver?

Charlie secoue longuement la tête.

— Tu viens de chambarder totalement mon agenda.

— Depuis quand t'as un agenda?

— Tout est inscrit là, dit-il en pointant son index vers sa tempe.

Le garçon arrive avec une tasse de café fumant qu'il dépose devant Fanfan qui prend tout de suite trois bonnes gorgées au risque de se brûler la langue.

— Qu'est-ce qu'on fait maintenant? demande Charlie.

— On attend... C'est comme ça quand on arrive avant l'autre.

— Oh, merde...

Fanfan rit sous cape.

— Qu'est-ce qu'il veut, lui?

— Que veux-tu qu'il veuille?

— Du sexe?

— T'as du pétrole?

— Bon, quand est-ce qu'il arrive?

— T'inquiète pas, c'est un Américain... Il sera à l'heure... Le voilà!

L'homme entre dans l'étroite pièce du café Rex pour se diriger vers les seuls clients attablés au fond. Il s'assoit sans se présenter.

— C'est une amie qui m'a parlé de vous.

— De qui ?

— Lequel de vous deux est Fanfan ?

— Bingo ! J'ai gagné ! Je peux savoir qui me fait de la publicité...

— Une dame que vous fréquentez...

— Que voulez-vous ? demande alors sèchement Charlie.

— Je vois que vous connaissez beaucoup de filles...

— Comment savez-vous ça ?

— Je vous observe depuis...

Le garçon s'amène avec un plateau qu'il dépose devant Charlie.

— J'ai faim, moi.

Harry le regarde un moment dévorer littéralement son sandwich qu'il accompagne de longues rasades de jus de papaye.

— J'ai acheté une petite maison près de la mer, dit finalement Harry, où je compte inviter quelques amis.

— Seigneur ! Je ne peux pas croire que vous vous êtes déplacé jusqu'ici pour nous faire une invitation à votre plage, ironise Fanfan.

— Non, répond clairement Harry... On veut seulement des filles...

— Et alors ? jappe Charlie.

— Si vous consentez à nous prêter vos petites amies...

— Je ne comprends pas, dit Charlie...

— Qu'est-ce que tu ne comprends pas, Charlie!... Monsieur veut qu'on lui prête des filles pour ses amis... C'est pas bien difficile à comprendre... Des fois tu me prêtes ton vélo, non?

— Ça n'a rien à voir!

— Il n'a pas de vélo, tu comprends. La grosse voiture noire en face, c'est à lui, je suppose.

— Et qu'est-ce qu'il donne en retour?

— Je ne sais pas, Charlie. Demande-le-lui toi-même...

— D'accord... Et qu'est-ce qu'on aura en retour? Un long silence.

— Vous n'allez pas me dire, lance Charlie, que vous n'avez pas un petit cadeau pour nous?

— On pourrait le prendre pour une insulte...

— Oui, une insulte, confirme Charlie... Et on se sentirait profondément blessés...

— Écoutez, je peux vous faire avoir à chacun un visa américain.

— Et comment allez-vous faire ça?

Léger sourire de Harry.

— Ne vous inquiétez pas, j'ai des amis qui pourraient s'en occuper...

— Hé! dit Charlie, je ne sais même pas qui vous êtes... Obtenir un visa américain, c'est pas facile!

— Faut pas nous prendre pour des imbéciles, ajoute Fanfan.

De nouveau le rire caractéristique de Harry.

— Il n'y aura aucun problème...

— D'accord, dit Fanfan, on vous croit... Donnez-nous les visas, et on vous trouvera les filles...

116

— Faut pas me prendre non plus pour un imbécile, glisse Harry.

Tout le monde rit cette fois.

— Bon, d'accord, dit Fanfan...

— Est-ce que je peux vous poser une question ? demande Charlie.

— Allez-y...

— Avec votre fric vous pouvez acheter autant de filles que vous voulez... Pourquoi voulez-vous qu'on vous trouve des filles ?

— Les putes ne m'intéressent pas ! Je n'invite que des filles normales... Des filles qui viennent d'une famille normale, ni pauvre ni riche... Des filles normales.

— Comment des filles normales ?

— Ta sœur, par exemple ! Il veut que tu lui amènes ta sœur, Fanfan.

Le visage de Harry se rembrunit.

— Oh non, dit-il précipitamment, je ne parlais pas de ça...

— C'est une blague ! dit Charlie. On avait compris.

Harry sent tout de même la peau de banane sous son pied.

— Bon, je dois partir... Je vous fais signe dès que j'organiserai une petite fête...

— Et pour les visas ? demande Fanfan.

— Ce sera après quelques fêtes quand même...

— Après combien de fêtes ?

— Disons quand on sera satisfaits, laisse-t-il tomber en se dirigeant vers la sortie.

*

– Cet imbécile croit qu'on a avalé son bobard! lâche enfin Fanfan.

— J'ai plutôt tendance à le croire...

— Et pourquoi donc?

— Il travaille à l'ambassade américaine.

— Ah oui!

— Je l'ai déjà vu au Cercle Bellevue, dit Charlie... C'est le père d'une des joueuses de tennis. Elle est très gentille, June...

— Il y a quelque chose chez ce type qui me donne froid au dos... Son rire...

— Qui a arrangé cette rencontre?

— Denz.

— Denz! s'exclame Charlie.

— C'est lui qui m'a dit qu'il y a un type qui voulait nous voir...

— Tu savais qu'il était américain?

— Non, mais je savais que c'était un Blanc.

— Qu'est-ce que t'en penses?

— Rien, lâche Fanfan en haussant les épaules.

UN MARIAGE À LA CAMPAGNE

J'avais complètement oublié l'exposition, dans cette coquette galerie d'art de Pétionville, des dernières œuvres du peintre Jacques Gabriel. C'est un ami, Carl-Henri, qui n'arrête pas depuis quelque temps de me bassiner les oreilles avec son Jacques Gabriel. Jacques par-ci, Jacques par-là. Pour lui, Jacques Gabriel est une sorte de demi-dieu : talentueux, moderne, iconoclaste, libre. Il possède de très fines antennes qui lui permettent de capter les moindres soubresauts politiques, ce qui l'aide à survivre (vivant dangereusement comme il le fait) dans l'univers étrange de Duvalier. Il entretient un réseau complexe d'amis, éparpillés un peu partout dans le monde, qui le renseignent sur les dernières modes culturelles (quoiqu'il soit encore fidèle au surréalisme glacé de Max Ernst). Enfin, il est toujours capable de traverser aisément les frontières des classes sociales. Il semble aussi à l'aise avec la femme de l'ambassadeur de France qu'avec cette jeune prostituée du Macaya

Bar qui l'accompagne partout. Il s'adresse à la prostituée comme à une dame, et à la femme de l'ambassadeur comme à une prostituée. Et les deux semblent ravies de la nouvelle méthode.

Quand je suis arrivé, la réception (disons la party officielle) était terminée, mais quelques personnes (un groupe restreint d'amis personnels et d'admiratrices du peintre) traînaient encore sur le trottoir, juste devant la galerie d'art.

Carl-Henri m'accueille avec un sourire complice, et me présente à Jacques Gabriel. Grand, le crâne rasé, la bouche insolente, l'homme intimide de prime abord. Un regard chaud rassure, la seconde d'après.

— Le vernissage est terminé, me lance-t-il pourtant d'un ton assez brusque.

— Je ne suis pas venu voir l'exposition...

Carl-Henri blêmit.

— Ah bon! fait Jacques Gabriel, un peu pris de court.

— Je suis un peu vieux jeu...

— Ça veut dire quoi? relance Gabriel en durcissant le ton.

— Eh bien! j'aime rencontrer l'homme avant de connaître l'œuvre.

Après un moment d'étonnement, Gabriel sourit.

— Moi aussi, je suis ainsi... Si je n'aime pas l'homme, même si l'œuvre est brillante, elle ne m'intéressera pas... Ça fait plaisir de rencontrer un jeune homme capable de penser par lui-même.

— Là, vous parlez comme un vieux con...

Carl-Henri blêmit de nouveau. Je plains son pauvre cœur.

— Jacques, lance une dame, on dirait que tu as rencontré ton match...

— Toi, ta gueule! aboie Jacques Gabriel. Tu ne penses qu'avec ton vagin... Ce qu'il est, j'en suis sûr, ne t'intéresse aucunement. Tu te demandes tout simplement si tu pourras l'emmener chez toi après...

— Oh! Jacques! fait une jolie voix plaintive.

Tout le monde a ri (même la femme incriminée). Le peintre iconoclaste Jacques Gabriel venait d'exercer sa vieille technique éprouvée d'insulter la bourgeoise afin de mettre les rieurs de son côté.

— Il n'est pas que ça, me chuchote Carl-Henri.

— Veux-tu venir avec nous, on va à Croix-des-Bouquets? me demande-t-il sur un ton presque déférent, en tout cas différent de celui qu'il emploie pour s'adresser aux autres, même à Carl-Henri.

— Je viens.

L'éclat de rire généreux du peintre.

— Bon, on part. Tout le monde en voiture. Carl-Henri, toi, lance-t-il en me désignant avec ce sourire irrésistible, Fifine (la petite prostituée), M.R. (une journaliste parisienne qui fait un portrait de lui pour son magazine)... Vous venez tous dans ma voiture. Les autres, vous nous suivez si vous pouvez, fait-il en riant.

Jacques Gabriel conduit sans souci du code de la route. On traverse, heureusement, Port-au-Prince sans incident. Sauf ce petit duel dans la voiture entre la journaliste (très belle, mais un brin snob) et le peintre! La deuxième voiture reste bien accrochée à nos basques.

— Que pensez-vous du pouvoir? lui demande-t-elle à brûle-pourpoint.

— Je ne m'intéresse pas aux questions générales, répond Jacques Gabriel.

— Je parlais plutôt de la façon dont vous utilisez vous-même le pouvoir.

Un bref silence.

— Soyez plus précise, madame.

— Bon, dit-elle en prenant une longue inspiration, tout à l'heure avec cette jeune femme...

— Qu'est-ce qui est arrivé avec elle?

La journaliste a un léger mouvement d'étonnement devant une telle mauvaise foi.

— Mais vous l'avez insultée.

— Je lui ai simplement dit la vérité... C'est ce que je pense qu'elle avait en tête.

— Ah! vous croyez vraiment que les femmes ne pensent qu'à ça?

La voiture fait un bond vers le côté de la route.

— N'utilisez jamais de généralités avec moi, c'est la dernière fois que je vous le répète...

L'obscurité totale. On roule dans le noir. De temps en temps, on croise un camion rempli de voyageurs. Le jeu de Jacques Gabriel semble relativement simple : il met pleins feux et fonce sur le camion qui vient en face de nous, le forçant à lui céder complètement le passage. Au début, je pensais qu'il ne savait pas conduire ou qu'il était soûl, jusqu'à ce que je comprenne qu'il sait parfaitement ce qu'il fait. Ce sont les chauffeurs de camion qui ont inventé ce petit jeu, alors, lui, il entend leur faire goûter à leur propre médecine. Je crois qu'on a semé complètement l'autre voiture.

— Et vous, comment utilisez-vous le pouvoir? lance brusquement Jacques Gabriel.

— Qui? s'étonne la journaliste.

— Vous-même.

— Je ne sais pas de quoi vous parlez, dit-elle d'un ton extrêmement tendu.

— Je vous ai vue tout à l'heure à la galerie.

— Mais je n'ai rien fait!... Qu'avez-vous vu?

— Justement, lance Jacques Gabriel dans un bref éclat de rire, vous n'avez rien fait.

— Et alors? demande la journaliste, encore inquiète.

— Vous savez très bien, ma chérie, que vous n'avez besoin de rien faire. Cette bourgeoisie servile de Pétionville est prête à ramper à vos pieds... Ces ignorants ne pensent qu'à être reconnus par Paris. Pour eux, parler à une envoyée spéciale d'un grand journal, c'est enfin s'adresser à Paris... Mais je puis vous assurer, madame, que le reste du pays est bien différent... Nous ne sommes pas des Français en Amérique ni des Africains en exil, nous sommes des Haïtiens, vous comprenez?... Non, vous ne pouvez pas comprendre ça. Enfin, vous verrez...

Justement au moment où la journaliste, le visage en feu, se penche vers le peintre pour répondre à

123

cette abusive accusation de colonialiste (la pire gifle à une journaliste parisienne de gauche), la voiture heurte quelque chose dans un bruit sourd.

— Oh! Vierge Marie! crie la petite prostituée.

— C'est sûrement un cabri sauvage qui traversait le chemin, dit Carl-Henri.

Jacques Gabriel range la voiture sur le côté de la route. Il descend, ramasse en effet un jeune cabri ensanglanté. L'odeur du sang chaud. Mais au lieu de revenir vers la voiture, Gabriel s'enfonce dans le champ de cannes avec le cabri dans les bras.

— Qu'est-ce qu'il fait? s'étonne la journaliste.

— Lal fé poul sa'l gin poul fé, jette la jeune prostituée.

La journaliste se retourne vers Carl-Henri.

— Qu'est-ce qu'elle a dit?

— Elle a dit que Jacques Gabriel est allé faire ce qu'il a à faire.

La journaliste fait une moue légèrement méprisante.

— Vous ne croyez pas aux forces invisibles? je lui demande.

— Je regrette, dit-elle avec un sourire, mais je ne suis pas superstitieuse.

— Ce n'est pas forcément de la superstition, dit Carl-Henri.

— Pour moi, dit-elle, c'est une voiture qui a heurté un jeune cabri.

— Cé sa ou pensé, lance la petite prostituée qui comprend un peu le français sans le parler.

La journaliste a un vif mouvement du corps comme si elle venait de recevoir une décharge électrique. Sans comprendre ce que vient de dire, en créole, la petite prostituée, M.R. a pourtant l'intime conviction qu'elle s'adressait à elle, et qu'il y avait un fond de fiel dans ses propos. D'autant que Carl-Henri a discrètement omis de lui en faire la traduction. Pourtant, à première vue, la petite prostituée n'a rien dit de bien méchant. Elle a simplement dit : « C'est ce que tu penses.» Malgré tout, la journaliste a eu raison de se méfier : il y a fort à parier que dans une obscure venelle des bas-fonds de Port-au-Prince, la petite prostituée n'hésitera pas une seconde à lui trancher la gorge. Pourquoi ? Depuis toujours, cette fille des Gonaïves sait reconnaître ses ennemis. Pour s'en rendre compte, M.R. (la femme et non la journaliste) se retourne vers la petite prostituée assise derrière elle, mais elle ne peut affronter bien longtemps la flamme de haine pure qui brille dans ses yeux.

Voilà Jacques Gabriel qui revient, enfin, avec le cabri sur ses épaules. Il le jette brutalement dans le coffre arrière de la voiture.

— Cet homme est étrange, dit la journaliste. Il y a un moment, il tenait le jeune cabri dans ses bras comme si la voiture avait frappé un gosse et non un animal, et là, il le jette sans ménagement dans le coffre.

— Maintenant, dit Carl-Henri, ce n'est que de la viande...

— Et qu'est-ce qui est arrivé entre-temps ? demande intriguée la journaliste.

— C'est à Jacques qu'il faut le demander.

Jacques Gabriel s'installe derrière le volant. La journaliste juge bon d'éviter de l'interroger sur ce sujet. Nous roulons durant une dizaine de minutes avant de tourner à gauche sur une route de terre ocre pour grimper cette pente assez raide qui mène à une cahute à toit de chaume.

— On descend, lance Jacques Gabriel. C'est la maison de mon ami Prophète... Attendez-moi ici, je vais entrer d'abord.

On attend une dizaine de minutes avant de le voir ressortir en compagnie d'un homme de grande taille au visage grave.

— Voilà mon ami Prophète. C'est un très grand peintre... L'élu des dieux du vaudou... Il séjourne dans les profondeurs, là où ces dieux parlent directement aux hommes...

Prophète sourit. Un sourire infiniment triste.

— Je savais que tu allais venir, dit-il simplement avant de retourner dans la case.

Jacques Gabriel va chercher le cabri pour le donner à ce jeune homme qui vient de surgir devant nous. Le jeune homme disparaît aussi subitement qu'il était apparu.

— Prophète travaille, dit Jacques Gabriel. Il fait un tableau pour marquer notre venue. Il nous rejoindra plus tard.

Le jeune homme est revenu avec quelques chaises en paille qu'il dispose en demi-cercle sur la petite galerie. Entre-temps, j'ai vu passer une énorme femme accompagnée d'une douzaine de jeunes filles en robe blanche, la tête ceinte d'un mouchoir blanc.

— Prophète est d'abord un prêtre vaudou, explique Jacques Gabriel. Il a commencé par peindre son autel pour recevoir les dieux. Un jour, un certain Dewitt Peters, un Américain intéressé par la peinture haïtienne, est arrivé ici. Il a passé la journée entière devant les portraits des loas que Prophète a peints sur les murs de sa case, pour conclure, à la fin, que cet homme était le plus authentique artiste qu'il ait jamais rencontré.

— Qu'est-ce qui le différencie de vous? demande la journaliste qui vient de se rappeler qu'elle a à faire un article sur Jacques Gabriel.

Jacques Gabriel tire une chaise pour s'asseoir près de la porte. C'est qu'il va être long.

— Prophète n'est pas son vrai nom... On l'a appelé ainsi quand il avait neuf ans. Il vivait alors à Dondon, une commune près de Saint-Raphaël, avec sa mère et sa jeune sœur. Son père était parti couper la canne à sucre en République Dominicaine. Jusqu'à cet âge, il ne savait pas encore parler. Il ne savait pas non plus lire ni écrire. Quand il voulait exprimer quelque chose, il le dessinait.

— C'est intéressant, dit la journaliste, mais ce n'est pas très original.

— Il avait un autre don. Il pouvait dessiner l'avenir.

— Comment ça? je demande.

Jacques Gabriel sourit. Un poisson vient de mordre à l'hameçon.

127

— Un jour, il revient de l'école. Sa mère lui prépare à manger. Il refuse de toucher à la nourriture. Il sort son canif et dessine sur la grosse table en acajou un homme sans tête. Sa mère s'étonne. « C'est mon père », répond-il simplement. Une heure plus tard, un messager arrive avec la nouvelle de la mort du père. « Comment est-il mort ? », demande la femme. On lui répond qu'il a eu une violente discussion avec un autre travailleur dans un champ de cannes de San Pedro de Marcoris, et que celui-ci lui a tranché la tête d'un seul coup de machette. Une semaine plus tard, l'enfant dessine une maison en flammes. Le soir même, un incendie ravage la maison voisine. Une autre fois, c'est son cousin qu'il dessine avec une seule jambe. Le cousin vit à Saint-Raphaël. Le lendemain, sa jambe est prise dans un moulin et on doit la lui couper pour empêcher que le reste du corps ne suive. La mère interdit à son fils de dessiner. Pourtant, un matin, avant d'aller vendre ses légumes au marché de Ranquitte, elle lui a dit simplement : « Comment se fait-il que tu ne dessines plus ? – Mais maman, c'est toi qui me l'as interdit ! – Ah bon ! j'avais complètement oublié ça. Fais-moi donc un dessin. » Le garçon est entré dans la maison pour faire le dessin. Quand il est ressorti pour le montrer à sa mère, elle était déjà partie. Le dessin montrait une femme couchée dans un cercueil. Après la mort de sa mère, les gens de Dondon lui ont donné le surnom de Prophète. Il a voyagé un peu partout dans le pays, avant de venir s'installer ici, à Croix-des-Bouquets. Il sert ses dieux, vit au milieu de ses femmes, indifférent à la gloire. Dans le monde entier, on salue son art. Voilà Prophète, le seul homme vraiment libre de ma connaissance.

— Et pourquoi cela? s'enquiert presque timidement Carl-Henri.

— Eh bien! chaque fois qu'il touche à un pinceau, il sait qu'il va peut-être peindre la scène de sa mort, et malgré tout sa main ne tremble pas.

Le jeune homme arrive avec, sur sa tête, une grande cuvette blanche. Les jeunes filles le suivent en file indienne. La grosse femme ferme la marche. Il dépose, au milieu de nous, la cuvette remplie de victuailles (tassot de cabri, bananes pelées, riz blanc, igname, malanga, carottes, betteraves, aubergines et mirliton en sauce).

— Pas d'ustensiles, lance Jacques Gabriel d'un ton joyeux. On mange avec la main, la bonne vieille main...

Un bref silence.

— C'est pas trop chaud? risque la journaliste.

— Ça va, dit Jacques Gabriel tout en plongeant sa main au fond de la cuvette.

Le signal est donné. Il semble qu'on avait tous très faim.

Je ne sais pas si c'est à cause de tous ces événements, de cette atmosphère étrange (cette nuit sans étoiles, cette légère brise, ce tambour qu'on entend sans cesse au loin), de la chair tendre du jeune cabri (était-ce un animal ou autre chose?), du parfum discret de l'igname, du goût du malanga que je croyais avoir définitivement perdu... c'est peut-être la somme de tout cela qui me procure cette insistante impression de faire, cette nuit, le meilleur repas de ma vie. J'avais vu une fois à la télévision (une scène habituelle) une famille de lions en train de dévorer une jeune antilope. A la fin, il ne restait plus que les os blancs (sans une trace de chair dessus). En un clin d'œil, on voit le fond de la cuvette. Au même moment, un chant fend l'air. Je regarde se gonfler et se dégonfler (comme le fait le lézard) la gorge du jeune homme. Une émotion impalpable m'étreint le cœur. Je me sens dans un autre monde. En tout cas très loin de Pétionville et de ses mondanités. Le jeune homme s'appuie contre un poteau pour chanter l'histoire de cette femme de l'Artibonite dont le mari (Solé ou Soleil) est gravement malade. Le chœur des jeunes filles accompagne la femme dans sa détresse. L'homme vacille entre la mort et la vie, entre la nuit et le jour. Mais la femme est vaillante, elle se bat pour sauver son homme. Le jeune homme enchaîne avec quelques chants profanes qui racontent la misère des paysans.

Puis brusquement, un chant sacré : « Papa Legba ouvri baryé pou mwen ». Je sens une ferveur nouvelle traverser le chœur. Les voix des jeunes filles montent de plus en plus haut. Comme si on annonçait l'arrivée d'un personnage éminent. En effet, Prophète vient d'apparaître à la porte (Prophète ou Legba) en habit de cérémonie. Le visage plus grave qu'à notre arrivée. Les voix atteignent un sommet pour redescendre lentement jusqu'au silence.

— Le tableau est terminé, dit-il laconiquement tout en faisant signe au jeune homme d'aller le chercher.

La grosse femme se met à danser, sans musique. On entend seulement le bruit sourd de ses talons nus sur la terre. La musique habite son corps. Elle est en sueur. Sa graisse luisante. Soudain, elle attaque un chant sacré. Un chant guerrier, mais je n'arrive pas à saisir les paroles. La plupart des mots semblent être d'origine africaine. Sa chair danse. Son visage est menaçant. Prophète la suit des yeux, vaguement inquiet. Un dieu terrible frappe à la porte. Il n'arrive pas à pénétrer dans le cercle. Soudain, la femme, épuisée, va s'asseoir dans un coin. Elle a l'air d'un pantin désarticulé. L'assistance respire. Ogou, le terrible dieu du feu, n'a pas pu gâcher la fête. Le jeune homme tend le tableau à Prophète. Il est couvert d'un voile mauve. Une des jeunes filles vient enlever le voile. Et le magnifique mais terrifiant tableau est devant nous. Tout en mauve. La couleur de Prophète. Les personnages comme le décor sont peints en mauve. Nous sommes tous dans le tableau. Le jeune homme, les jeunes filles en blanc, la grosse femme en mauve, la petite prostituée, Carl-Henri et moi. Trois personnages sont au centre. Prophète au milieu, Jacques Gabriel à gauche et la journaliste à droite. Elle porte une robe blanche de mariée. La jeune fille qui vient de découvrir le tableau va vers la journaliste et lui recouvre la face avec le voile mauve. Le sang s'est retiré du visage de la journaliste parisienne.

— Vous êtes les témoins du mariage mystique de Prophète Pierre, demeurant et domicilié à Croix-des-Bouquets, et de M.R. demeurant et domiciliée à Paris. Ce mariage est fait selon la volonté des dieux dont certains sont ici présents, dit Jacques Gabriel d'une voix grave et autoritaire.

Le hurlement hystérique des jeunes filles.

*

Quelque temps plus tard.

— On ne m'a pas demandé mon avis! dit la journaliste encore sous le choc.

— Les dieux du vaudou ne sont pas démocrates, répond Jacques Gabriel du tac au tac.

— Je trouve ça quand même scandaleux.

— Mais si tu n'y crois pas, ce n'est qu'un spectacle.

— Bien sûr que je n'y crois pas, malgré tout...

— Écoute, dit Gabriel en lui coupant la parole, vous allez rentrer chez vous à Paris et oublier cette nuit.

— Je veux rentrer à mon hôtel.

Et elle va s'installer dans la voiture.

— Etait-ce simplement un spectacle? je demande à Carl-Henri en devinant un peu la réponse.

— C'était un vrai. Encore plus vrai que ceux que l'on célèbre à l'église. Partout où elle ira, elle emmènera les dieux avec elle. Elle est des nôtres à présent.

— Ça fait un peu peur quand même, je risque.

— Au contraire, Fanfan, elle est maintenant intouchable. Personne ne peut s'approcher du cercle où elle se trouve avec l'intention de lui faire quelque mal. C'est une femme très protégée maintenant. L'épouse d'un dieu puissant du panthéon vaudou.

— Ah! fais-je étonné, ce n'est pas Prophète qu'elle a épousé alors?

— Non, répond cette fois Jacques Gabriel en se dirigeant vers la voiture, ce n'était pas Prophète en réalité, mais Legba, le dieu qui garde la barrière qui sépare le monde visible du monde invisible.

*

M.R. n'a pas prononcé une seule parole durant tout le trajet du retour. La petite prostituée non plus.

LES GARÇONS MAGIQUES

Le propriétaire du minuscule hôtel Anacaona Beach a travaillé toute sa vie à New York, dans le quartier de Brooklyn. Il avait deux boulots, dans des usines distantes d'au moins une heure et demie de route, en plus de s'occuper de sa petite boulangerie sur Church Avenue. Ils sont plusieurs à travailler comme des bêtes dans l'enfer de New York avec un rêve en tête. Ces hommes et ces femmes ont la tête si dure que cela prend quelquefois pas moins de trente ans de coups dans cette terrible ville (New York au cœur de granit) pour en extirper ce genre de rêve. C'est simple : pour empêcher un Haïtien de rêver, il faut l'abattre.

L'homme qui nous intéresse s'appelle Mauléus Mauléon. Son père, un ancien juge de Gressier, lui avait légué, à sa mort, un bout de terrain près de la plage. Il ne s'est pas passé un jour à l'usine sans qu'il pensât à son morceau de terre, et à son rêve d'y construire un petit hôtel d'une douzaine de chambres, au milieu de cette végétation luxuriante. Il ajoutera plus tard quelques chaumières autour de l'hôtel pour les clients qui veulent se sentir plus proches de la nature. Il devra faire venir du sable blanc de Montrouis parce que, si l'eau est cristalline près de l'hôtel, le sable noir et gris ne donne pas l'impression de propreté qu'il a en tête quand il pense au paradis. Bleu (la mer), blanc (le sable), vert (le paysage), sont les couleurs chantantes de la vie.

Tout est prêt, mais il n'a pas un sou vaillant pour payer un personnel peu nombreux mais diligent, acheter la nourriture (le poisson frais, naturellement) et la boisson en gros. Cela fait plus de deux mois qu'il se trouve dans une pareille impasse. Et déjà l'herbe sauvage commence à pousser autour de l'hôtel. Bien entendu, apprenant sa situation, beaucoup de personnes se sont présentées pour un quelconque partenariat, mais Mauléon avait décidé de ne jamais collaborer avec un Haïtien. Son père lui avait bien expliqué que, quand vous avez un associé haïtien, il n'y a que deux conclusions possibles : ou vous faites faillite après un an ou deux, ou il s'arrangera pour vous faire jeter en prison et garder l'affaire pour lui seul. « C'est comme cela, c'était comme cela, et ce sera toujours comme cela », avait décrété l'irascible juge de Gressier.

Complètement désespéré, Mauléon est allé voir le vieux Sam, un Américain qui achète la plupart des petits hôtels en difficulté dans la région. Sam est un vieux flibustier au cou rouge et à la peau boucanée par le soleil, qui a roulé sa bosse un peu partout dans la Caraïbe (Jamaïque, Barbade, Trinidad, Bahamas) avant de s'établir, il y a une dizaine d'années, en banlieue sale de Port-au-Prince. Mauléon l'a connu par l'intermédiaire du directeur du casino qui possède un chalet dans les environs.

Sam est arrivé, un matin, à l'hôtel. Il a passé l'avant-midi à tout inspecter minutieusement (les chambres, le terrain, les chaumières, la plage).

— Mauléon, tu ferais mieux d'arrêter les frais pendant qu'il est encore temps...

— Et pourquoi Sam?

— Écoute, je possède des hôtels depuis vingt-cinq ans, un peu partout dans la Caraïbe, et je peux te dire qu'une affaire comme celle que tu as là, ça ne pourra que te conduire à la ruine totale... Je sais que tu es un rude travailleur, mais je ne vois pas de solution possible...

— Qu'est-ce qui ne va pas?

— C'est mal placé, d'abord. La mer est trop dangereuse dans ce coin... Je connais ce métier, Mauléon, au premier accident, personne ne viendra plus à ton hôtel...

— Rien d'autre?

— Je sens comme une odeur bizarre depuis que je suis arrivé... Il doit y avoir une source sulfureuse dans le coin?

— Oui, dit Mauléon d'une voix presque éteinte, mais je peux arranger ça.

— C'est fragile, le tourisme, Mauléon... Ce n'est pas quelque chose que n'importe qui peut faire...

Pour te parler honnêtement, je ne pourrai pas travailler avec toi...

— Sam, si tu consens à investir dans l'hôtel, je suis prêt à partager les bénéfices en deux parts égales : une pour moi, et l'autre pour toi...

Sam reste un long moment pensif.

— Écoute, moi, je voudrais bien acheter tout ça... Tu comprends, je n'ai pas l'habitude d'avoir des associés. J'ai toujours travaillé seul. Si tu veux vendre, c'est d'accord pour moi...

— Tu viens juste de me dire que ça ne vaut rien, et là, tu veux acheter. Il y a quelque chose que je ne comprends pas...

Silence.

— Écoute, Mauléon, tu as fait tout ce que tu pouvais, mais tu n'as pas assez de fonds pour continuer, alors laisse-moi prendre le relais...

— Pourquoi pas comme mon associé ?

Sam sourit tristement.

— Les affaires sont les affaires, Mauléon... Vends maintenant. Dans trois mois, ça ne vaudra pas la moitié de ce que je peux t'offrir aujourd'hui...

Le visage en feu de Mauléon.

— N'en parlons plus... De toute façon, je ne vendrai jamais la terre du juge.

*

Mauléon était assis sur le bord de la route, en face de l'hôtel, à ruminer ses pensées. Bien sûr, il pourrait toujours contracter de nouveaux emprunts, mais il lui faudrait être sûr que l'hôtel lui rapportera des bénéfices, et ce dès la première année. Dans le cas contraire, ce sera la faillite totale, et peut-être la prison. Déjà dans le coin, il y a deux autres hôtels qui, d'après Sam, battent sérieusement de l'aile. Bien sûr, Sam essaie de lui faire prendre panique pour le pousser à vendre. Peut-être aussi que c'est la solution. Tout vendre. Et après? Retourner dans l'enfer de New York? Alors, ça, jamais. Mais que faire? Il ne veut plus remonter vers le nord, et il n'a aucune chance ici. C'est comme ce cauchemar qui revient toujours depuis son arrivée en Haïti : il fuit un tigre en grimpant à un arbre pour se retrouver face à un python qui dormait là-haut. C'est vrai qu'il ne pourra pas tenir trop longtemps dans de telles conditions. Et Sam, le requin, qui n'attend qu'un signe de faiblesse de sa part pour le bouffer tout cru.

Cet après-midi encore, Mauléon s'est installé sur le bord de la route, pour réfléchir à sa situation. Il sait bien que la solution ne surgira que de sa tête puisque ses poches sont vides. C'est bizarre qu'il ait pu sortir sain et sauf de la pire jungle du monde, le Bronx, où il a passé les deux dernières années de son exil new-yorkais, pour venir crever d'ennui sur les plages de Gressier. Là-bas, si on est distrait un moment on risque de recevoir à coup sûr une balle dans la nuque. Ici c'est l'ennui qui risque d'avoir votre peau. Quand il n'y a pas de travail, il faut inventer quelque chose à faire. Sinon c'est la longue sieste, l'alcool, la malaria. Mauléon en était là quand il remarqua subitement un curieux manège, à une centaine de mètres. Assise sur la véranda de l'hôtel Hibiscus, une femme d'environ cinquante ans sirote une boisson colorée. Un jeune homme – seize ou dix-sept ans – traverse la rue ensoleillée pour s'approcher de la table de la femme. Ils se parlent un long moment avant que le barman ne vienne lui demander de quitter les lieux. Le jeune homme se lève poliment pour partir, mais la femme, une cliente de l'hôtel (l'Hibiscus est considéré comme le rendez-vous des Québécois), parlemente longuement avec le barman et finit par imposer le jeune homme. Pourtant, ils ne restent pas longtemps. La femme termine son verre, ramasse son sac, et ils se dirigent vers la plage.

Mauléon les regarde un moment entrer dans l'eau. La femme, grande et élégante. Le jeune homme, ni trop beau ni trop musclé. Un couple assez détendu. Ce qui impressionne Mauléon, c'est qu'ils ne cherchent pas tout de suite une chambre. Ils vont vers la mer. La mer qui n'a pas d'âge. Et face à l'éternité turquoise, cinquante ans ne sont pas bien loin de dix-sept ans. Les jeux dans l'eau remontent à l'enfance. L'enfance du monde. Mauléon laisse passer un moment avant d'aller voir le barman. Il le trouve, debout sur une table, en train de changer une ampoule. C'est un homme d'une cinquantaine d'années, sûr de lui et un peu précieux.

— Ce couple qui vient de partir ?

Bien sûr qu'il les connaît.

140

— Lui, il est arrivé à Port-au-Prince il y a deux ans. Il s'appelle Legba. Il vient du Cap, comme moi. La mer l'a vomi, un matin. Je l'ai recueilli. Il était maigre comme un clou. Je l'ai nourri, soigné, comme je fais avec cet oiseau blessé que j'ai ramassé dernièrement sur la plage. Je suis ainsi. Chaque matin, je me demande ce que la mer va m'apporter.

— Si on revenait à Legba, demande Mauléon.

— Je l'ai inscrit à une école pour apprendre l'anglais, ce qu'il a fait en un clin d'œil. Il est vif et très intelligent. J'aurais voulu qu'il aille plus loin, mais il a préféré les drogues dures, l'argent facile, la mer qu'il connaît bien et les jeux interdits. Franchement, ça m'a déçu. C'est pour cela que je refuse de le recevoir ici. Ils sont une dizaine dans le quartier. Ils viennent pour la plupart de Cité Soleil, ce bidonville que tu vois sur l'autre rive... Une véritable plaie...

— Et la femme?

— Celle-là vient de Québec... Ce sont toutes des femmes du froid qui viennent se réchauffer dans le sud. Ça ne leur coûte pas cher, et le soleil ne manque jamais au rendez-vous. Elles viennent ici pour une semaine ou deux, et la plupart du temps, elles passent un mois, deux mois, et même six mois... Et surtout, elles reviennent chaque année.

— Pourquoi?

Le sourire las du barman.

— A cause d'eux, dit-il en pointant du doigt un groupe de garçons en train de se chamailler sur la plage.

141

Mauléon les regarde un moment (ces jeunes corps luisants, ces fous rires, ces jeux enfantins). Les fils du dieu Soleil. Mauléon a subitement l'impression que sa tête va éclater. Il prend tout de suite congé du barman. « C'est exactement ce qu'il me faut », se dit-il en chemin. Et au lieu de repousser ces garçons magiques, il va les accueillir, les tolérer, les recruter même. Une vraie mine d'or.

LE BAR DE LA PLAGE

Les voilà en train de bavarder au bar, près de la plage.

— Un sandwich au jambon et un jus de grenadine, lance Gogo.

— La même chose pour moi, dit Chico, mais Albert, tu me feras un sandwich très, très épais... j'ai eu une nuit terrible, et j'ai besoin de récupérer... D'accord?

Le barman reste silencieux.

— Fais pas cette tête, Albert, jette Mario, tout va pour le mieux... On est mieux ici que dans une prison. On n'a pas à se plaindre... Mais souris un peu... Je n'ai jamais vu Albert faire un sourire...

— Qu'est-ce que vous voulez? demande froidement Albert.

— D'accord, Albert, tu as gagné, ce n'est pas aujourd'hui que tu vas sourire... Eh bien, je prends une malta bien glacée... Je dois aller tout à l'heure à la chambre huit.

— Ah! tu fais Mrs. Wenner ce matin! s'exclame joyeusement Chico, toujours de bonne humeur.

— C'est une vraie dure-à-cuire, ajoute Gogo... Albert, j'avais dit un sandwich au fromage, moi. Tu sais très bien que je ne peux pas supporter le jambon, ça me donne mal au cœur... Il le fait exprès...

— Laisse-le tranquille, dit Mario.

— Gogo a raison, Albert, ajoute Chico en rigolant. Il avait bien dit un sandwich au jambon, j'étais là.

— Arrête, Chico, dit Gogo, tu vas rendre fou le pauvre Albert...

— Hé! les gars, dit Mario, je dois faire la chambre huit, donnez-moi quelques tuyaux... Et toi, Gogo, ne me refais pas le coup d'avant-hier...

— Qu'est-ce qu'il t'a fait? demande Chico.

— Ce salaud m'a fait croire que Mrs. Woodroff était une ancienne religieuse et qu'il fallait l'enculer tout en disant le Notre Père si on voulait qu'elle jouisse...

— Et c'était pas ça? s'informe Chico, les larmes aux yeux.

— Seigneur! Il fallait même pas la toucher, jette Mario.

— La pire de cette sorte, dit sérieusement Chico, c'est Mrs. Hopkins, la veuve de la chambre six. Elle a passé trois heures à me parler comme si j'étais son fils avant de me sauter dessus.

— J'ai déjà donné, dit Gogo... Ça devait être la première fois qu'elle se retrouvait dans une chambre avec quelqu'un d'autre que son mari.

— Elle était sûrement intimidée aussi, dit prudemment Mario.

— Peut-être au début, mais après un moment, tu peux dire qu'elle savait exactement ce qu'elle voulait...

— Ça me rappelle Mme Bergeron, lance Gogo.

— Qui ça ? demande Chico.

— Tu te souviens, celle qui se présentait à tout le monde en claironnant : « Je suis Mme Bergeron de Boucherville. Connaissez-vous Boucherville ? »

— Ah oui ! ça me revient, lance Chico... Pourquoi parles-tu d'elle, là ?

— On avait l'impression, dit Gogo, d'être au restaurant avec elle, et qu'elle était fière de donner son opinion sur tout, minutieusement, avec force détails, en insistant sur la qualité de la viande qu'on devait lui servir, la fraîcheur des légumes, la propreté de la nappe, etc.

— Oh oui ! je me rappelle maintenant, ajoute Chico en riant. Elle disait : « Plus bas, encore plus bas... Plus haut maintenant... Un tout petit peu à droite... Là... Et maintenant, remonte, remonte doucement, tout doux... Non, les seins, continue avec les seins... Mais où sont tes mains ? Que font-elles ? Tes mains doivent participer aussi... Maintenant, tu vas y aller très fort, très très fort, de toute ta force... C'est ça toute ta force ! (ton franchement méprisant)... Plus doucement... Doucement... Avec la langue aussi. Et là, fais comme tu veux parce que je vais jouir... »

Fallait voir Chico et Gogo, en train de mimer la scène sous le regard intensément réprobateur d'Albert.

— Tu peux rire, Albert, on ne te fera rien payer pour ça, lance Gogo.

— Je sais qu'il rit, dit Chico. Il rit intérieurement. Il doit sûrement raconter nos histoires à ses amis. Le visage impassible d'Albert.

— On cause, on cause, mais ça ne m'apprend rien sur Mrs. Wenner que je dois aller voir tout à l'heure...

— Mrs. Wenner de Cleveland, Ohio, dit calmement Chico, est une marathonienne du sexe. Elle peut courir quarante-deux kilomètres sans bouger de son lit.

— Écoute-moi, jette Gogo avec un éclair de panique dans les yeux, cette femme de soixante ans peut baiser sans s'arrêter pendant plus de dix heures... Elle se repose dix minutes, et après, elle est prête à tout recommencer...

— Tu rigoles, Gogo...

Gogo se tourne alors vers Chico. Et les deux font de rapides pas de danse.

— N'est-ce pas que c'est vrai, Chico?

— Bien sûr... On peut dire que le petit Mario va se faire bouffer tout cru.... *Bad deal*...

Gogo et Chico continuent à se toucher, à danser, à rire, comme si le malheur de Mario était la chose la plus amusante du monde.

— Comme ça, tu dois faire la chambre huit? lance Gogo.

— Mrs. Wenner t'attend, Mario, ironise Chico.

— Est-ce que j'ai une chance? demande un peu craintivement Mario.

— Oui, si tu vas à la Centrale des arts et métiers apprendre la menuiserie ou la mécanique. Et c'est gratuit.

Les trois garçons se retournent avec une synchronisation parfaite vers le barman.

— Albert, dit Chico, ce qu'on fait ici, c'est aussi un métier.

— Et, ajoute Gogo, il n'y a pas de sot métier, mais de sottes gens... J'ai bien dit, Albert?

— Mais qu'est-ce qu'on fait avec Mrs. Wenner? redemande Mario.

— Je sais, dit vivement Chico avec son sourire de chérubin...

— Crache-le alors, jette Gogo.

— Tu sais qu'après deux heures de baise, Mrs. Wenner entre dans un état second.

— Et c'est là, dit Gogo, qu'elle atteint sa vitesse de croisière...

— A ce moment, lance Chico, mise à part la baise, elle n'est au courant de rien...

— Où veux-tu en venir? demande Mario en fronçant les sourcils.

— Continue, dit Chico.

Albert, lui-même, tend l'oreille tout en préparant les cocktails de midi.

— Et si on se relayait toutes les deux heures? avance Chico sans rire.

— Qu'est-ce que tu racontes là, Chico? s'écrie Mario.

— C'est pourtant simple : dès qu'elle entre dans son monde, un autre prend la place de celui qui était dans la chambre.

— Si je comprends bien, ajoute Gogo, celui qui était dans la chambre n'a qu'à venir au bar prendre un petit remontant (un sandwich et une malta bien glacée) préparé par le maître du jeu, et j'ai nommé Albert.

— Ne me mêlez pas à vos saletés, siffle Albert.

— C'est génial, Chico! hurle presque Gogo.

— Et si elle meurt? demande un Mario partiellement alarmé.

— Rassure-toi, elle a la couenne dure, et ce genre de crocodile ne meurt jamais dans ces conditions.

— Comme la fourmi, dit Chico, ne crève jamais sous un sac de sucre.

— Et c'est nous le sac de sucre, conclut Mario.

Et les trois se mettent à rire. Albert fait semblant d'essuyer le comptoir du bar. Quelques clientes de l'hôtel passent dans le champ avec leur serviette autour des hanches et une tonne de crème solaire sur le visage, le ventre et le dos. Elles reviennent de la plage. Elles s'amènent déjà près du comptoir pour le petit punch de midi (un peu de chaleur au ventre). Après trois punchs d'Albert, le décollage est assuré, et ça peut durer jusqu'à cinq heures de l'après-midi. Elles sont là, bourdonnantes près du comptoir. Et celles qui ont connu Albert ailleurs (Albert a travaillé dans deux ou trois hôtels dans le coin avant d'échouer à l'Hibiscus) lui font un brin de causette à propos du bon vieux temps. La glorieuse époque de Brise de mer ou du Lambi. Ton toujours respectueux de la part d'Albert. Jamais de familiarité avec les clientes, malgré quelques tentatives de certaines à qui un seul petit punch suffit pour perdre toute notion de temps et d'espace. Gogo regarde Albert avec cet étrange sourire (un mélange d'admiration et d'irrévérence). Cet homme ne sait-il pas que c'est une sorte de bordel ici ? Les gens sont vraiment mystérieux. Certains peuvent demeurer le même homme dans une église comme dans un bordel. Albert, par exemple.

— Je vais y aller maintenant, dit subitement Mario.

VERS LE SUD

Brenda

Mon mari et moi, nous venons de la même petite ville au nord de Savannah. Un coin perdu. Ça ne servirait à rien de vous dire son nom. Je ne connais personne qui l'ait déjà vue même sur une carte. Je fréquente mon mari depuis ma plus tendre enfance. Nous ne sommes pas de la même confession. Mon mari est méthodiste, et moi je suis baptiste. Moi, je dis que ça ne change rien du moment qu'on croit en Dieu. C'est mon mari qui m'a fait comprendre ça après notre mariage. Et depuis nous sommes tous deux méthodistes. Je parle, je parle, et je ne me suis même pas présentée. Si mon mari était là, il dirait : « Ça, c'est Brenda tout craché. » Mon mari s'appelle William. Il faut l'appeler Bill ou le gros Bill. Oh, j'allais oublier : vous n'aurez pas à l'appeler, puisqu'il ne m'a pas accompagnée cette fois-ci. C'est moi qui ne voulais pas. Je ne me serais jamais crue capable d'une telle audace. Je l'ai laissé seul, là-bas. Ce n'est pas la première fois que je viens à Port-au-Prince. C'est la deuxième. La première fois, il m'accompagnait. J'ai attendu deux ans avant de revenir. Pamela, je l'appelle Pam, ma meilleure amie, dit que j'agissais comme une droguée en manque durant ces deux ans. Moi, je prétends qu'aucun drogué n'a vécu ce que j'ai vécu. J'ai souffert dans mon corps, dans ma tête, dans mon ventre, dans mon sang, toutes les douleurs imaginables pendant ces deux dernières années. Chaque jour. Chaque nuit. Chaque heure. Pouvez-vous comprendre ça ? Je ne sais pas si on peut comprendre ça quand on ne s'appelle pas Brenda Lee, qu'on ne vient pas d'une petite ville au nord de Savannah, et qu'on ne vit pas depuis vingt-cinq ans avec un homme qui s'appelle William et qui vous a touchée en tout huit fois.

Ellen

J'ai toujours été attirée par le Sud, mais je n'avais jamais pensé à Port-au-Prince. Pour moi, Port-au-Prince, c'était pour les culs-terreux. Ça n'existait pas. Un parc à bestiaux. Pourtant, depuis cinq ans, je viens ici chaque année. Et j'y passe tout l'été. Mes cours se terminent à la fin de juin, et en général une semaine après, je file vers Port-au-Prince. Je descends toujours à cet hôtel calme, propre, en face de la plage. C'est comme ça qu'on découvre qu'on a vieilli. On veut tout, pas trop loin. Port-au-Prince, jamais je n'aurais cru que c'est ici que je passerais toutes mes vacances. J'ai fait mes études dans une école privée, et depuis vingt-cinq ans, j'enseigne à Vassar. J'enseigne à de petites mijaurées comment fermer leurs cuisses pour attraper un mari. Si vous croyez que ça a changé, vous vous êtes mis un doigt long comme ça dans l'œil. (Elle fait le geste.) En réalité, mon cours porte sur la littérature contemporaine, mais tout ce qu'elles veulent savoir c'est comment s'arranger pour gagner leur vie avec ce que le bon Dieu leur a donné. Une petite bouche gourmande, deux petits seins qu'elles n'arrêtent pas de regarder pousser, des cheveux blonds et un joli petit cul. Ça fait un paquet dévorable. Et elles n'ont pas tort. Les garçons sont pires. Des ploucs qui ne méritent pas mieux. Je déteste ce pays, même si c'est le mien. Vous ne pouvez pas savoir combien je hais toutes ces petites salopes et tous ces petits cons. Ils ne pensent qu'à se chevaucher pour produire leur marmaille, s'acheter le plus de trucs possibles dans leurs supermarchés pour, finalement, échouer comme des cachalots pleins de merde sur une plage de la Caraïbe. Toujours en bigoudis avec des lunettes noires, ce sont encore elles qui poussent leur caddie dans vos jambes, près des caisses enregistreuses. Alors, quelqu'un peut-il me dire ce que je fais ici, où les gens de cette espèce sont en majorité ? (Elle montre d'un coup sec du menton ses compatriotes toutes huileuses de crème de bronzage en train de se faire rôtir sur la plage.)

Sue

J'ai fait tous les régimes possibles, et je ressemble encore à une chanteuse de blues d'Harlem. Remarque, je n'ai jamais mis les pieds à Harlem. Je n'irais pas dans un endroit où il y a plus de dix nègres. C'est pas qu'ils me font peur ni quoi que ce soit de ce genre, mais les nègres, c'est pas mon truc. Vous allez dire que je ne suis pas cohérente, puisque je suis complètement folle de Neptune. C'est vrai que Neptune est noir comme l'enfer, mais il est haïtien. Un nègre pour moi, c'est un Noir américain. Eux, ils ne pensent qu'à égorger les Blancs, alors qu'on ne fait que les aider. Ce que je dis là vous choque, hein ? Eh bien, c'est ce que je pense. Qui a bâti les écoles où vont les Noirs américains ? C'est quand même pas eux. Je dis ça, mais au fond, je déteste également les hommes de ma race. Ils ne m'ont jamais regardée. Pour les intéresser, il ne faut pas peser plus de cent vingt livres. Et moi, je pèse le double. Pourtant, je suis souple. Je travaille dans une usine et aucun homme ne m'arrive à la cheville. Je transporte des pièces sur de longues distances. Mais je peux être très douce avec un homme. Je suis forte comme un éléphant, mais légère comme un papillon. S'il sait comment me prendre, un homme peut faire de moi son esclave. Mais ces imbéciles ne s'intéressent qu'aux anorexiques. Ils ne savent même pas que je suis mince comme un fil sous ma tonne de graisse. Le premier homme qui m'a fait un compliment à propos de ma taille, c'est Neptune. Pour lui, ce n'est pas un défaut d'avoir une forte taille. C'est même une qualité. C'est un pêcheur, Neptune. Il a un petit voilier. Il pêche pas trop loin d'ici, aux environs de l'île de la Gonâve. Sa devise est simple : pêcher, manger, boire, dormir en paix, et baiser un coup. C'est pas la fin du monde, ça.

Brenda

Je vais vous dire ce qui est arrivé la première fois que nous sommes venus ici, mon mari et moi. Je voulais attendre un peu avant de vous ouvrir ainsi mon intimité. Si mon mari était là, il dirait : « Brenda, t'as jamais gardé un secret plus d'un jour. » C'est faux. Il y a tellement de choses de moi qu'il ne sait pas, et qu'il ne saura jamais. Et que personne ne saura jamais. Vous, c'est pas pareil, je ne vous connais pas. C'est bon de parler comme ça à quelqu'un qu'on ne connaît pas. J'ai l'impression que vous êtes très jeune pour un tel métier qui doit nécessiter surtout de l'expérience. C'est pas un reproche, mais chez moi les inspecteurs sont généralement des hommes d'âge mûr. Et je ne vois pas non plus à quoi pourra vous servir de telles informations ? Je dois admettre que je reste un peu étonnée même si vous avez raison de me rappeler que chaque pays fonctionne à sa manière. C'est vrai aussi que les gens qui viennent des pays riches ont toujours tendance à vouloir imposer leur façon de faire. Je m'excuse encore une fois de me mêler de ce qui ne me regarde pas, moi qui fuis la politique comme la peste... Pour revenir à mon histoire, tout a commencé quand mon mari a eu pitié de ce jeune garçon qui n'avait pas mangé depuis deux jours. Un jeune homme de Ouanaminthe, une petite ville du nord du pays. Vous devez sûrement connaître ça. Il s'appelle Legba. Sa mère l'a appelé ainsi parce que, paraît-il, il est son premier-né après six fausses-couches. Ce nom lui va bien. En tout cas, mon mari l'a invité à notre table. Albert, Albert c'est le maître d'hôtel, n'était pas content. Mon mari a dit que si nous payons ici nous pouvons inviter qui nous voulons à notre table. Et mon mari a ajouté à voix basse, à l'intention d'Albert, que ce n'est pas un nègre qui l'empêchera d'agir à sa guise. Mon mari parle ainsi, mais il n'est pas raciste pour autant. Dans notre ville, on a toujours parlé comme ça des Noirs. Toujours est-il que Legba est venu manger à notre table. Il avait l'air de n'avoir pas plus de quinze ans. J'ai d'abord remarqué ses dents éclatantes et son sourire radieux. Mon mari lui a dit qu'il pouvait commander ce qu'il voulait. Je n'ai jamais vu un être humain manger autant dans ma vie. Quand il est parti aux toilettes, mon mari m'a dit : « C'est un bon petit gars. » Par des signes de plus en plus évidents, Albert continuait à nous demander de nous débarrasser du garçon, mais mon mari faisait semblant de ne pas le voir. Au début, Legba me faisait penser à un chien perdu. De toute façon, il ne dérangeait personne, puisque nous étions, ce jour-là, les seuls clients de l'hôtel dans la salle à manger. Même s'il y avait eu d'autres personnes, cela n'aurait en rien arrêté mon mari. Les méthodistes sont ainsi, ils écraseraient tout le monde pour faire une bonne action. Moi, je suis née baptiste. C'est à cause de mon mari que je suis devenue méthodiste. Mais pour certaines choses, je reste baptiste. J'aurais évité de froisser Albert en donnant à manger plus discrètement à Legba. Mais mon mari ne l'entend pas ainsi. Je vous disais qu'il est un méthodiste. Des fois, je pense qu'on devrait se marier uniquement dans sa religion.

Ellen

Si j'en avais le pouvoir, je débarrasserais la Terre de tout ce qui est sale, et tout ce qui est sale se trouve dans cette ville en plus grande quantité qu'ailleurs. Alors pourquoi, mon Dieu, as-tu fait pousser sur ce tas de fumier une fleur aussi étincelante que Legba? J'ai eu cinquante-cinq ans le mois dernier. Je peux dire qu'il y a de pires malheurs dans la vie. Et ce garçon est beau comme un dieu. Est-ce qu'on peut m'offrir ça, à Boston? Ne me dites pas oui parce que j'ai fait plus d'une centaine de fois tous les bars de cette putain de ville snob. Laissez-moi vous dire qu'il n'y a rien dans le Nord pour les femmes de plus de quarante ans. Rien, rien, rien, bande de salauds!

Sue

Les gens viennent avec leurs illusions à Port-au-Prince. Même la grosse Sue. Il y a ici le soleil. Des fruits frais, du poisson grillé, la mer. Et j'ai un amant.

Brenda

Mon mari et moi avions pris l'habitude de souper avec Legba. Il semblait très timide à l'époque. Tous les soirs, nous passions de longues heures à discuter avec lui de la vie qu'il menait, de sa famille, de son avenir. Nous l'avions comme adopté, et il semblait nous accepter aussi. Un jour, on lui a proposé de venir passer l'après-midi avec nous sur la plage. Mon mari connaissait un coin isolé. Nous étions tous les trois étendus en maillot de bain sur un gros rocher, face au soleil. Le corps de Legba me fascinait : long, souple, finement musclé. Sa peau brillait. J'avais du mal à le quitter des yeux. Je l'observais sans cesse, à la dérobée. Mon mari s'est vite rendu compte du trouble que me causait Legba, et pendant que celui-ci se dirigeait vers l'eau à pas de chat, mon mari m'a adressé un clin d'œil étrangement complice. Comme je faisais mine de ne pas bien comprendre, il m'a clairement expliqué qu'il ne voyait aucun inconvénient à ce que je cède à mes envies si manifestes. J'ai essayé de prendre un air indigné, mais comme Legba revenait déjà sur ses pas, il a tout juste eu le temps de me glisser : « C'est moi qui te le demande. » J'étais vraiment surprise par le comportement de mon mari. C'était la première fois qu'il agissait ainsi. Je perdais complètement la tête. Legba s'est allongé près de moi sur le dos, les yeux fermés. Je n'osais pas regarder de son côté. Mon mari m'a poussée du coude en me désignant le jeune corps, presque nu. J'ai alors posé les yeux sur le ventre plat, lisse, sur les cuisses interminables, sur le maillot, et sur cette curieuse bosse. A partir de ce moment, j'ai été dans une sorte d'état second, hypnotisée par la peau ferme et comme frémissante de Legba. Me voilà irrésistiblement attirée par ce corps offert. Mon mari m'a pris la main et l'a guidée vers le torse de Legba. Il a lâché ensuite mon poignet et ma main est restée sur le torse du jeune garçon. Legba a brusquement ouvert les yeux et les a refermés aussitôt. Encouragée, j'ai touché son ventre. J'éprouvais à ce moment déjà un plaisir incroyable à sentir sous mes doigts cette peau douce et jeune. Ma main tremblait. Je n'arrivais pas à me calmer. Legba, lui, restait totalement immobile. Il me faisait pour ainsi dire cadeau de son corps. J'ai glissé deux doigts sous le maillot de bain, et je me suis vivement emparée de son sexe qui, très rapidement, s'est mis à durcir, à s'allonger au creux de ma main, jusqu'à sortir du maillot de bain. Cette queue noire, d'une longueur démesurée, presque fragile, m'a fait définitivement perdre le contrôle de moi-même. Mon ventre en feu. Je sentais des vagues de chaleur affluer entre mes cuisses. Je me sens confuse de vous raconter des choses aussi intimes, mais croyez-moi, cela m'a pris deux ans avant de pouvoir parler de ça alors que je n'arrêtais pas de repasser ces moments dans ma tête. Je me souviens de chacun de mes gestes comme si cela s'était passé hier. Maintenant, je n'ai plus honte. Cette femme folle de désir, j'ai appris à la connaître, à accepter que ce soit moi. Je suis une bonne chrétienne, alors pourquoi le Seigneur m'a mise dans cette situation déshonorante? Je n'ai aucun contrôle sur mes désirs. C'est comme si quelqu'un m'avait jeté de la gazoline sur tout le corps avant de craquer une allumette. J'ai tout fait, oui j'ai tout fait, mais je ne peux pas résister. Je suis devenue une véritable bête de sexe. Vous voyez, rien qu'à évoquer cela je suis déjà couverte de sueur. (Un long moment de silence.) Vous voulez que je continue l'histoire? Soit, mais je ne comprends toujours pas en quoi cela pourrait vous aider pour trouver celui qui a fait cela. Vous avez raison : celui ou celle. Je suis vraiment confuse... Bon, les bras le long du corps, Legba respirait à peine, mais très régulièrement. J'ai jeté un bref coup d'œil autour de nous pour vérifier si personne ne venait dans notre direction. J'ai ensuite écarté avec douceur ses jambes pour m'agenouiller en face de son sexe. Je l'ai pris dans ma bouche. J'aspirais le long et fragile pénis, je le couvrais de salive, je me l'enfonçais le plus profondément possible dans la gorge. Et puis, n'y tenant plus, j'ai enlevé précipitamment mon maillot de bain, et je suis venue m'empaler sur sa tige. La pénétration a été si violente que je n'ai pas pu retenir un cri. Je le sentais au cœur de mon ventre. A peine remise de cette onde de choc de douleur et de plaisir mêlés, j'ai commencé à aller et venir sur lui. Il respirait fortement, haletant presque. Mais malgré cela, il s'efforçait de rester immobile. Mon mari tout près de nous ne ratait rien de la scène. Ses yeux rivés à la longue lance noire qui me perforait. J'allais de plus en plus vite, me cognant contre le bas-ventre de Legba pour que son sexe aille encore plus loin, plus profond. J'ai l'impression d'avoir crié sans arrêt. La vue de ce corps si jeune m'affolait encore plus. Finalement, j'ai senti tout au fond de moi de puissantes giclées de sperme chaud. Ça n'arrêtait pas. J'ai joui moi aussi, presque en même temps que lui, complètement ivre. J'ai griffé comme une possédée la peau neuve et fragile de son ventre en m'empalant une dernière fois sur sa queue, jusqu'au fond, longtemps. Il a ouvert les yeux, à bout de forces lui aussi. Deux yeux rouges, timides et effarés. Poussée par un élan de reconnaissance, je me suis jetée sur lui, et je l'ai embrassé partout tout en pleurant à chaudes larmes. Mon premier orgasme. A cinquante-cinq ans... Je me sens si fatiguée. Vous permettez que je reste seule un moment?... Merci...

Albert

Je suis né au Cap-Haïtien, dans le nord d'Haïti. Mon grand-père aussi. Je ne sais pas si vous savez ce que ça veut dire. Toute ma famille a combattu les Américains durant l'occupation de 1915. Je viens d'une famille de nationalistes. Mon père est mort sans avoir jamais serré la main d'un Blanc. Le Blanc était pour lui moins qu'un singe. Il disait toujours : « Quand je rencontre un Blanc, j'essaie toujours de le contourner pour voir s'il n'a pas une queue. » Mon grand-père, lui, ne prenait pas cette peine. Pour lui, le Blanc était un animal, un point c'est tout. Il disait « Le Blanc », mais il pensait surtout à l'Américain. Celui qui a osé fouler le sol d'Haïti. L'injure suprême. La génération de la gifle. Je suis venu travailler à Port-au-Prince à vingt-deux ans, après la mort de mon père. Et j'ai tout de suite trouvé du travail dans cet hôtel. Si mon grand-père savait que son petit-fils sert aujourd'hui les Américains, il en crèverait de honte. Ces nouveaux occupants ne sont pas armés. Ils amènent dans leurs bagages un fléau beaucoup plus dévastateur que les canons : la drogue. Et la reine du crime se fait toujours encadrer de ses deux suivantes : l'argent facile et le sexe. Il n'y a rien ici, monsieur, qui ne soit touché par l'un ou l'autre de ces trois fléaux. Autrefois, il y avait une morale. Aujourd'hui, je regarde autour de moi et je vois que tout s'écroule. Je regarde nos clientes, des dames respectables que leur mari aurait accompagnées, il y a une vingtaine d'années, quand j'ai commencé ici. Et que vois-je ? Des femmes perdues, des bêtes assoiffées de sang et de sperme. Et qui en est la cause ? Lui, le maître du désir. Il a dix-sept ans, des yeux de braise, un profil pur. Legba : le prince des ténèbres.

Ellen

Quand les policiers ont découvert le corps, un matin, sur la plage, ils ont rapidement conclu à un règlement de compte pour une affaire de drogue. Ils ne traînent pas avec les délinquants. Legba est comme on dit bien connu de la police. Il vendait de la drogue à tout le monde sur la plage. Vous ne pensez pas une seconde que la police de Port-au-Prince, l'une des plus corrompues de la Caraïbe, allait mener une enquête pour un jeune prostitué. Vous m'excusez, j'ai l'habitude de dire clairement ce que je pense. Voilà pourquoi je ne comprends pas bien votre démarche. Vous m'avez dit que vous travaillez pour un département autonome? « Le service des recherches criminelles », c'est bien ça? Je ne vois pas trop à quoi ça peut servir maintenant que Legba est mort. Et je me demande aussi pourquoi vous vous intéressez tant à des détails aussi intimes? Je n'ai pas à m'occuper de ce qui ne me regarde pas, mais vous menez bien étrangement votre enquête, monsieur. Que voulez-vous savoir de plus?... Oui, c'était un voyou, mais Seigneur, qu'il était beau! Et en plus, il savait faire l'amour aux femmes. C'est vrai qu'il aurait pu se contenter d'être beau comme un dieu, et, pour ma part, cela aurait été nettement suffisant pour faire mon bonheur. Je pouvais passer des heures à le regarder. Il faisait de mon corps ce qu'il voulait. Et avec ça, il était infatigable. Vous imaginez, j'ai fait dix-huit années dans les meilleures universités américaines pour mettre toutes les chances de mon côté afin d'améliorer ma condition de vie sur cette Terre, alors que tout ce qu'il me fallait, au fond, c'était un adolescent de Port-au-Prince. Il prenait mon corps pour sa guitare, et, croyez-moi, il savait jouer de cet instrument. Des fois, je peux le dire aujourd'hui, je croyais que j'allais mourir. Il ne me restait plus rien dans le corps. Il avait tout pompé. Il pouvait me faire jouir presque sans me toucher. Moi qui ai toujours intimidé les hommes américains, soi-disant les hommes les plus puissants du monde, je parle ici uniquement de pouvoir économique et politique, eh bien j'avais trouvé mon maître ici, à Port-au-Prince. Avec lui, je n'étais plus la cynique Ellen, mais une toute jeune cruche qui ne demandait qu'à être touchée aux bons endroits. Et il y allait d'instinct. La première fois que je l'ai vu, près de l'hôtel, je ne voudrais pas faire rire de moi, j'ai quand même plus de cinquante ans, eh bien j'ai pissé sur moi. J'ai été obligée de monter dans ma chambre me changer. Et là, devant le miroir, je me suis masturbée en pensant à lui. Il avait une bouche si insolente et, bon Dieu! j'ai tellement désiré cette bouche. J'ai tant rêvé de ses mains me caressant que la première fois qu'il m'a touchée vraiment, j'avais l'impression que ça faisait longtemps que nous étions amants. Mais mon désir le plus puissant, celui qui me donnait ce vertige fou, c'était d'avoir son long et fin pénis dans ma bouche. Je me réveillais en sueur au milieu de la nuit. Le jour, c'était différent, j'étais la cynique Ellen, celle qui se

164

moquait de tout le monde. Mon souffre-douleur, à l'époque, c'était la grosse Sue. Je m'en foutais bien qu'elle soit grosse, mais je n'arrivais pas à comprendre comment on peut choisir Neptune quand Legba se trouve dans les parages. Ça, je ne l'ai pas compris, et je ne le comprends toujours pas. Comment peut-on ne pas s'agenouiller en face d'un tel soleil noir? Pour moi, les gens qui ne ressentent rien en face de la beauté sont dangereux. Évidemment, si elle avait osé lever les yeux sur Legba, je l'aurais détruite.

Albert

Un jour, je les ai surpris près de l'escalier. Elle était accrochée à son cou et elle n'arrêtait pas de gémir qu'il la rendait folle. Vous savez de qui je parle? De cette intellectuelle de Boston au nez pincé. Legba ne disait pas un mot, comme toujours. Son visage restait fermé. Il savait comment faire perdre la tête à ce genre de femme. Elle pleurait comme une fillette à sa première peine d'amour. Oui, monsieur. Les gens cyniques, j'ai remarqué, sont toujours très fragiles.

Brenda

Je suis toujours très charitable avec les gens, mais comme vous m'avez demandé de dire le fond de ma pensée, eh bien ! je dois admettre que ce n'est pas une femme, cette Ellen, mais une chienne en chaleur qui joue à l'intellectuelle. Dès qu'elle voyait Legba, elle ne tenait plus en place. Vraiment, c'était dégoûtant à voir. Ces gens-là ne font aucune différence entre le sexe et l'amour.

Sue

C'est vrai que Brenda est très discrète. Ce n'est pas quelqu'un qui laisse voir facilement ses émotions. Elle a toujours ce visage si calme. Je n'aurais rien su de ce qu'elle endurait si elle ne s'était pas confiée à moi. Ce jour-là, elle semblait vraiment perdue. Je ne l'avais jamais vue comme ça. Elle est venue dans ma chambre, ce qu'elle n'avait jamais fait auparavant, et elle m'a dit : « Je n'en peux plus, Sue. Je crois que je vais le tuer, et me tuer après. » Venant de Brenda, je ne comprenais pas. Je ne savais même pas de qui elle parlait. J'imaginais vaguement que c'était de son mari, sachant que ça ne marchait pas trop bien entre eux. Je me disais que c'était sûrement pour cette raison qu'elle était venue seule, cette fois-ci. C'est ce que je pensais. Jusqu'à ce qu'elle m'avoue qu'elle était amoureuse de Legba. Comment une femme comme Brenda, si sérieuse, si chrétienne, peut-elle tomber amoureuse d'un petit gigolo comme ça ? Il se croit un prince parce que cette Allemande lui a donné la grosse chaîne en or qu'il porte au cou comme une laisse.

166

Un minable petit vendeur de drogue. Vous savez sûrement qu'il vendait de la cocaïne sur la plage. Depuis sa mort, les autres jeunes prostitués se sont évanouis dans la nature. Je n'ai plus revu aucun d'eux sur la plage. Gogo, Chico, ni même le beau Mario. Ils sont partis ailleurs, comme une nuée de mouches attirées par l'odeur d'un nouveau cadavre. N'empêche que quand Brenda m'a dit, de but en blanc, qu'elle était amoureuse de ce gosse, j'ai eu la surprise de ma vie. Mais ça ne se discute pas. Les sentiments des gens font partie des mystères impénétrables de la vie, j'ai dû lire ça quelque part. Oh! j'ai arrêté depuis longtemps de réfléchir à la vie. Je la prends comme elle vient. Brenda me disait que Legba ne venait plus à ses rendez-vous et qu'elle ne pouvait plus endurer cette souffrance. Elle ne dormait plus, ne mangeait plus. Elle ne faisait que penser à lui. Et lui, il s'en foutait. Tout ce qui l'intéressait, c'était l'argent. Elle passait la journée dans sa chambre à hurler, la tête enfoncée dans un oreiller. Elle ne pouvait plus vivre comme ça. Elle parlait tout bas, si bas que je ne comprenais pas la moitié de ce qu'elle disait. Mais elle répétait inlassablement son nom. « Quelle douleur! » ai-je pensé. Je ne pouvais rien faire pour elle. C'était à elle seule d'affronter son destin. C'est ainsi. Je lui ai recommandé des calmants, et elle m'a regardée avec des yeux effarés. J'ai su tout de suite qu'elle en prenait déjà. Je pense à une chose, maintenant : si Brenda m'a fait cette confidence, c'était sûrement pour s'empêcher de commettre un meurtre. De cela, je suis sûre.

Ellen

J'aime tellement l'amour, l'amour ou le sexe, je ne sais plus, que je me suis toujours dit que quand je serai vieille, je paierai pour en avoir. Je ne pensais pas que ça allait arriver si vite. Ce garçon, c'était Lucifer en personne. Le prince de la lumière. La lumière qui tue. Il m'a fait connaître l'enfer. Moi qui n'ai jamais eu peur de souffrir. Mais là c'était trop. J'ai tout fait pour Legba. En revanche, il m'a humiliée comme je ne pensais jamais l'être. Il m'a traînée dans la boue. J'ai tout avalé. Brenda me fait rire, aujourd'hui, quand elle affiche cet air de veuve éplorée. C'est moi la veuve. Brenda n'a pas pu connaître le centième de ce que j'ai dû supporter pour être simplement près de lui. Les flammes de l'enfer. Imaginez un jeune garçon arrogant comme il pouvait l'être en compagnie d'une femme de mon âge. Faites un effort pour l'imaginer en présence de ses amis. C'est moi, Ellen Graham, la vieille. Le temps est fait pour passer. Brenda passe ses journées dans sa chambre à pleurer. Moi, je ne pleure pas.

Sue

C'est terrible à dire, mais je crois que c'est Ellen ou Brenda qui l'a tué. Il les a rendues folles, elles et d'autres encore, et ce qui devait arriver, un jour, est

168

arrivé. Tout ça à cause du mépris dans lequel les hommes du nord tiennent les femmes de leur propre race.

Albert

Ce matin-là, je suis allé voir un ami qui travaille dans un petit hôtel, pas loin d'ici. Au retour, je suis passé par la plage. C'était l'aube. Il n'y avait personne, sauf quelqu'un qui semblait avoir passé la nuit là. Je me suis approché du corps et j'ai découvert Legba. Il avait l'air d'un ange endormi, couché ainsi sur la plage. Son visage plutôt reposé. En le regardant de plus près, j'ai eu l'impression que la nuit avait été très mouvementée pour lui. Mais là, je ne voyais rien d'autre qu'un tout jeune garçon bien frêle. On aurait dit qu'il souriait. Je ne sais pas pourquoi, je me suis assis à côté de lui. Personne d'autre sur la plage. La lumière étrange de l'aube. Cette sensation d'être nulle part. J'ai commencé à lui caresser les cheveux. Il a tressailli comme s'il avait froid. Je me suis couché près de lui et je l'ai pris dans mes bras. Comme tout cela me semble étrange aujourd'hui. Un double de moi-même. Je me souviens de cette lumière dans mes yeux. Cette musique dans ma tête. Ce jeune corps presque nu sur la plage. Et personne à l'horizon. « Prends garde, me suis-je dit, prends garde à la douceur de cette peau. » Et... je l'ai embrassé. J'ai embrassé Legba. C'était la première fois que j'embrassais un homme. Je l'ai embrassé. Partout. Dans son sommeil, il a répondu à mes caresses. Je crois qu'il ne sait faire que cela. J'aurais dû fuir à ce moment-là, mais il était trop tard. J'étais déjà dans le cercle rouge du désir. Je ne savais pas qu'un tel bonheur physique pouvait exister. Et, ce matin-là, j'ai goûté au fruit de l'arbre du bien et du mal. C'est étrange, sans poser aucune question, vous me faites remonter à la surface des secrets que j'ai enfouis au plus profond de moi-même.

Ellen

Il a bien caché son jeu, l'hypocrite! Chaque fois que je partais retrouver Legba, il me jetait un regard méprisant... Alors que c'était un rival. J'ai tout simplement envie de le gifler. Je peux tout supporter, sauf la bigoterie. Toujours plongé dans la Bible, cet enculé de merde! Maintenant qu'il a goûté à ça, comme il a dit, il ne va pas s'arrêter en si bon chemin. Je ne crois pas un traître mot de ce qu'il raconte : l'aube, la lumière, le fruit défendu, la musique céleste, tout ça c'est de la merde dans un bas de soie. Bien sûr, après coup, il s'est sûrement arrangé pour faire pénitence. Je voudrais bien le voir s'autoflagellant. Ce sont les pires sadiques. Et laissez-moi vous dire, ce sont ceux qui tuent.

Brenda

Bien sûr que je ne retournerai plus chez moi. D'ailleurs, je n'ai plus de maison ni de mari. Et je ne veux plus entendre parler des hommes du nord. J'aimerais visiter d'autres îles dans la Caraïbe. Cuba, la Guadeloupe, la Barbade, la Martinique, la Dominique, la Jamaïque, Trinidad, les Bahamas... Elles ont de si jolis noms. Je veux les connaître toutes.

LE RÉSEAU
(*scénario*)

INTÉRIEUR CHAMBRE. 9 h 30.
Tanya (petite, brune, sexy) se réveille. Elle s'étire longuement dans son lit. Le téléphone sonne.
— Allô? (*Voix endormie de Tanya.*) Ça ne fait rien... J'étais déjà réveillée. C'est qui?
— Devine!
— Ah! c'est toi Simone... *What's up?*
— Je suis rentrée à six heures, ce matin...
— Moi, j'étais tellement fatiguée, hier soir, que je pensais que j'allais en mourir. Ça ne t'arrive jamais toi?
— Tu le sais, Tanya, que je suis parano. Toutes les cinq minutes, je pense que je vais mourir. Parfois, je me vois même dans un cercueil.
— Écoute ça, je me suis habillée, maquillée et tout, très tôt, vers onze heures, et juste avant de quitter la maison, comme je fais toujours, je me suis préparé un verre de rhum sec, sans glace, et, tu ne me

173

croiras pas, j'ai pris une seule gorgée, une seule et unique gorgée, et je suis tombée raide morte sur le lit... un trou noir, Simone.

— Quand je ne t'ai pas vue vers deux heures du matin, je suis venue te chercher chez toi... Tout était éteint.

— Pourquoi n'es-tu pas entrée? Tu as une clé! J'étais là! (*Rire*)...

— C'est qu'il y a toujours de la lumière chez toi, Tanya... Même si tu dors, la télé est toujours allumée. Mais là, c'était complètement noir... J'ai pensé que tu étais sortie avec quelqu'un. (*Rire nerveux*)...

— Tu penses à Fanfan... T'es folle! Ce type ne m'intéresse pas une miette. J'étais là, Simone, crois-moi si tu veux. J'étais simplement morte. Un trou noir, je t'ai dit. Rien. Néant.

— Tu sais que tu m'as manqué, Tanya... Tabou était en dessous de tout, hier soir. Un vrai sabotage. C'était un contrat de huit mille dollars. Moitié à dix heures du soir, et le reste à minuit. Tabou a commencé à jouer à une heure du matin. Le propriétaire du night-club, tu connais Freddy, a refusé de payer plus de la moitié de l'argent. Ce qui fait que Tabou a joué jusqu'à trois heures du matin seulement. Les gens ont cassé les chaises, les tables, tout.

— Ils ont joué seulement deux heures! C'est du sabotage! Pourquoi ont-ils fait ça? Freddy a toujours été réglo avec eux.

— Je ne sais pas ce qui s'est passé vraiment... C'était une soirée bizarre. Vers quatre heures du

matin, Harry nous a emmenés manger dans un boui-
boui sur la route de l'aéroport...

— Harry Delva!?

— Il n'y a plus de Harry Delva, ma chère. Il gre-
lotte en ce moment dans un sous-sol glacial, à Boston. Il paraît que la coke l'a rendu maigre comme un
clou. Il dort avec sa guitare, c'est tout ce qui lui
reste... Je parlais du consul américain...

— Ah! celui-là... Il me fait peur. Il a une tête de
tueur sadique... Mais pourquoi vous n'êtes pas allés à
Pétionville?

— Figure-toi qu'on y a été, mais que tout était
fermé.

— Qu'est-ce que tu racontes là! Je suis sûre que
chez Kane...

— Tu sais bien que Minouche et Kane... Laisse-
moi continuer, Tanya. Harry a garé la voiture dans
un marécage. Et j'ai perdu une chaussure dans la
boue.

— J'ai raté ça!

Tanya est pliée en deux sur le lit. Un rire rauque
venant du ventre.

— Tu ris, toi! C'était un cauchemar. Un vrai
cauchemar. J'ai passé le reste de la nuit avec une
seule chaussure. Et pour couronner le tout, je n'ai
jamais mangé aussi mal de ma vie. Il faisait tellement
noir que je n'arrivais même pas à voir mes propres
mains. Ce qui fait que je ne peux pas te dire ce que
j'ai mangé.

Tanya se roule maintenant sur le lit, dans des
draps de soie. Le téléphone lui tombe des mains.

175

— Je ne peux pas croire que j'ai raté ça!

— Et j'oublie les moustiques.

— Arrête, arrête, chérie, laisse-moi respirer.

— Je te raconte un cauchemar, et toi, tu ne fais que rire... Tu crois que c'est drôle!

— Ne dis plus rien, s'il te plaît, Simone. Ça va me passer. C'est juste un fou rire.

Simone semble vraiment vexée.

— Je dois te quitter, Tanya, car je n'ai pas encore dormi.

— Excuse-moi, chérie, je ne sais pas ce que j'ai...

Clic.

INTÉRIEUR CHAMBRE. 10 h 5.

Tanya est assise sur le lit en train de mettre du vernis sur ses ongles (mains et pieds). Le téléphone sonne.

— Allô...

— C'est Minouche! Je te dérange? De toute façon, je m'en fous... Qu'est-ce que tu faisais, hier soir? Tu as tout raté, ma petite chérie. Freddy s'est battu avec les gars de Tabou.

— Ah oui?

— Une affaire de contrat. De toute façon, je m'en fous... C'était super, ma petite chérie. Tout le monde était là, sauf toi. Alors Alta ne t'a rien dit? Tu connais cette langue de vipère, elle raconte à tout le monde que c'est Fanfan qui t'a empêchée de venir.

— Personne ne peut m'interdire de faire quoi que ce soit. Tu m'entends, Minouche? Et c'est sûrement pas ce petit minable de Fanfan qui va m'empêcher de faire une chose si j'en ai envie.

— Crie pas comme ça, Tanya ! De toute façon, je m'en fous complètement de Fanfan, ma petite chérie, et je ne sais même pas ce que tu lui trouves... C'était une soirée vraiment dingue. Et toi, ça va ?

— Bien sûr que ça va. Pourquoi tu me demandes ça ?

— Ne dis pas que c'est moi qui te l'ai dit, mais hier soir, Simone a fait courir le bruit que tu as tenté de te suicider.

— Qu'est-ce que tu racontes là ?

— Tu sais comment elle est, Simone, avec son petit côté sainte-nitouche. Des fois, j'ai envie de lui écraser son joli petit minois. Je ne comprends pas que tu réchauffes encore cette vipère dans ton sein.

— On ne va pas recommencer cette discussion, Minouche.

— Tu la défends encore ! De toute façon, je m'en fous...

— Alors, oublie ça.

Un long silence (bras-de-fer).

— Voilà ! Elle a dit qu'elle est allée te chercher vers une heure du matin, elle a trouvé la maison dans le noir total. Comme elle a une clé, ce que je n'ai pas, moi, malgré nos dix ans d'amitié...

— Passons, Minouche... Continue ton histoire.

— Comme elle a une clé, ce qu'elle s'arrange toujours pour me rappeler... Écoute Tanya, pourquoi as-tu donné une clé à cette petite salope, alors que tu interdis l'entrée de ta maison à tes vraies amies ?

177

— Devine, Minouche.

— Tanya, chérie, tu ne vas pas encore me reprocher de t'avoir emprunté deux ou trois robes, il y a de cela cinq ans.

— Tous mes bijoux, une douzaine de paires de chaussures presque neuves, et onze robes du soir... Je n'appelle pas ça du vol, c'est un déménagement, Minouche... Mieux vaut continuer ton histoire.

— D'accord, puisque tu refuses d'oublier cet incident... Ta Simone, qui a une clé, est entrée chez toi et a trouvé tout sens dessus dessous, ce qui n'est pas dans tes habitudes. Elle a immédiatement pensé à des voleurs. Mais non, rien de ça, tout était là, rien n'a été volé. C'est à ce moment qu'elle a vu la bouteille verte de pilules sur le lit. Elle a commencé par hurler, et une dame, ta voisine, semble-t-il, est arrivée et lui a dit que l'ambulance venait juste de partir avec toi.

Un long silence.

— Es-tu là, Tanya?

— Qu'est-ce que tu en penses, toi? J'ai fait une tentative de suicide hier soir, l'ambulance est venue et tout, ils ont dû me laver l'estomac avec un tuyau d'arrosage, et je suis là, ce matin, fraîche comme une rose, en train de bavarder avec toi... Qu'en penses-tu?

— Heureusement qu'on n'est pas allés à l'hôpital. Tout le monde voulait y aller. Tu t'imagines, on allait arriver à l'hôpital dans pas moins de cinq voitures. C'est Fanfan qui a dit non. Il a dit que tu faisais ton théâtre, et que ça ne l'intéressait pas d'y participer.

Un court silence.

— C'est ce qu'il a dit ? demande Tanya d'une voix terne.

— On est donc restés. Tabou, laisse-moi te dire, ma petite chérie, était en dessous de tout. De la vraie merde, mais je m'en fous.

— Fanfan, il était avec quelqu'un hier soir ?

— Écoute, chérie, je n'ai pas prêté attention... Ce petit con de Fanfan, tu comprends, j'ai autre chose à faire. Es-tu sûre que tout va bien ?

— Oui, ça va... C'est quand même pas la fin du monde si on rate une soirée de Tabou.

— En effet... Écoute, puisque tu vas bien, je vais y aller. Je t'appelais simplement pour savoir si ça allait. Tu sais, depuis quelque temps, tu m'inquiètes un peu... Tu ne devrais pas trop prêter attention à ce petit minable de Fanfan... D'accord, à un moment donné, je l'ai aperçu avec Alta.

— Cette salope !

— Calme-toi, Tanya. Je te rappellerai ce soir. Carole doit passer me prendre tout à l'heure.

— Où allez-vous ?

— On va à Kyona Beach. Je te rappellerai plus tard.

INTÉRIEUR CUISINE. 11 h 23.

Tanya est en train de manger un yogourt aux fraises. Le téléphone sonne.

— Comment vas-tu, chérie? (*Voix grave.*)
— Écoute, Alta, si tu viens voir si je suis encore en vie, alors c'est oui, et je me porte très bien comme ça.
— Pourquoi tu me parles comme ça?
— Laisse-moi te donner quelques précisions, Alta. D'abord, Fanfan n'est pas mon homme car je ne les prends pas aux couches comme toi... Disons que c'est un type avec qui je baise de temps en temps, alors ça ne me fait rien si toi aussi...
— T'es folle ou quoi! J'appelle simplement pour savoir comment tu vas, et toi tu me sautes dessus. Tanya, tu deviens parano. Que veux-tu que je fasse de ton Fanfan? Il n'est pas mon genre, tu sais.
— Alors, pourquoi tu as dit à tout le monde que c'est Fanfan qui m'empêche de sortir?
— Moi!
— Oui, toi.
— Remarque, j'ai peut-être dit ça... D'ailleurs, c'est vrai... Je ne te comprends plus du tout avec cette histoire de Fanfan. Au début, c'était drôle, Tanya et Fanfan. Maintenant, chérie, tu fais rire de toi, tu es jalouse d'un type qui couche avec tout le monde.
— Qui te dit que je suis jalouse de Fanfan?
— Arrête, Tanya, tu es ridicule... Il paraît que tu as cherché à te suicider, hier soir. En tout cas, c'était la grande nouvelle de la soirée.
Clic.

INTÉRIEUR SALON. 13 h 05.
Tanya donne à manger à son poisson rouge. Le téléphone sonne.

— Allô.

— C'est moi, Simone.

— Comme ça, tu as dit à tout le monde que j'ai essayé de me suicider hier soir.

— Je n'ai jamais dit ça, Tanya... Je suis sûre que c'est Minouche qui colporte une chose pareille. Cette vipère ! Tu sais bien qu'elle est jalouse de notre relation.

— A part toi, Simone, personne ne pouvait savoir ça... Tu es sûrement entrée ici hier soir et, ne me voyant pas, tu es allée aux infos chez ma voisine qui t'a raconté que l'ambulance était passée.

— Non, je ne suis pas descendue chez ta voisine. Elle est montée dans ton appartement.

— Je le savais, Simone... Je sentais que tu étais une petite fouineuse. Minouche est peut-être une voleuse, mais elle n'est pas menteuse. Tu sais une chose, Simone, je déteste les fouineuses. Je préfère même les voleuses aux fouineuses. Alors, tu vois, ma clé, tu vas me l'apporter aujourd'hui même.

— Pourquoi tu me fais ça, Tanya ?

— Tu sais comment je suis, Simone. Quand j'ai une amie, elle peut tout prendre de moi, tout. Tout ce que j'ai est à elle, mais faut pas qu'elle me mente une seule fois...

— Mais toi, tu mens tout le temps, Tanya. Je ne te comprends pas.

181

— Moi, je peux mentir, mais pas les autres. Tu comprends? C'est comme ça.

— Pourquoi tu me fais ça? (*Elle pleure.*) Tu sais que je t'aime... Je ne peux pas vivre sans toi, chérie... Pourquoi tu me fais ça?

— Je t'avais avertie, Simone.

— Ne me laisse pas tomber, Tanya (*Elle hoquette.*) Tu es la seule personne qui me comprend. Tu es ma mère, ma sœur et ma maîtresse. Je t'aime, chérie. Je n'ai jamais aimé personne comme je t'aime.

— Alors pourquoi tu continues à me mentir?

— Je ne te mens pas, Tanya... Chérie, je suis sincère, c'est toi que j'aime. J'aime comment tu me prends. Tu es la seule personne qui me fait jouir, je te le jure. Mon cul est à toi quand tu veux et comme tu veux, chérie.

— Viens maintenant.

— Je suis encore au lit, Tanya... Vers cinq heures cet après-midi, d'accord?

— Tu es une menteuse.

— J'ai envie de toi, Tanya.

— Alors pourquoi tu ne peux pas venir maintenant?

— C'est que je n'ai pas dormi, chérie.

— Moi, je vais te dire pourquoi... C'est parce qu'il y a quelqu'un avec toi en ce moment.

— Non. Je suis seule.

— Si tu mens encore une fois, tu n'as même plus besoin de venir m'apporter la clé. Je fais changer la serrure tout à l'heure.

— Oui (*un murmure*), il y a quelqu'un ici... Il est sous la douche.
— C'est qui?
— Un type que j'ai rencontré hier soir.
— Comment s'appelle-t-il?
— Tu ne le connais pas.
— Je compte jusqu'à trois, Simone. Un... deux... trois...
— Fanfan.
— Salope!
— Il était trop soûl pour rentrer chez lui. Il m'a demandé s'il pouvait se reposer à la maison.
— Simone...
— Oui?
— Fais ce que tu veux. Tu peux même baiser avec un âne, si tu veux, mais ne t'avise jamais d'insulter mon intelligence, d'accord?
— D'accord... Mais on n'a encore rien fait. Il est juste allé prendre une douche.
— Laisse-le sous la douche et viens tout de suite.
— Tu crois?
— C'est comme tu veux. Je vais appeler Minouche.
— Je viens, Tanya.

Intérieur chambre. 14 h 10.
Tanya et Simone sont dans le lit.
— Fanfan ne m'intéresse pas, tu le sais bien.
— Alors qu'est-ce qu'il fait chez toi?
— C'est ta faute, Tanya.

183

— Comment ça?

— C'est toi qui m'as rendue folle de jalousie... J'ai voulu coucher avec lui uniquement pour savoir ce que tu lui trouves.

Tanya sourit. C'est Simone qui lui a présenté Fanfan. Et à l'époque elle partageait Fanfan avec Minouche. Des bagarres presque quotidiennes.

— C'est tout simplement un homme, Simone. Rien d'autre. Il est disponible quand j'ai envie de baiser, c'est tout.

— Je ne te crois pas, Tanya. Ce type t'a rendue dingue... Depuis que tu le connais, tu n'es plus la même... Au fond, c'est simple, ton truc, Tanya. Tu nous baises, et là je veux parler de Minouche, de Carole, de Marie-Flore, et même d'Alta, mais tu ne te donnes qu'aux hommes. Tu joues avec nous, mais seuls les hommes peuvent te faire mal.

— Qu'est-ce que tu racontes là?

— Ce que je te dis là ne change rien à ma situation. Tu sais que tu n'as pas à t'inquiéter avec moi. C'est simple, tu peux m'avoir quand tu veux. Alors, parlons d'autre chose...

— Non, non, Simone. Je veux éclaircir ça...

— C'est pourtant clair, chérie. Aucune de nous ne t'a jamais mise dans un pareil état. Ça fait un mois que tu négliges tout le monde pour Fanfan, mais ça aurait pu être n'importe quel autre homme. Tu nous montes, mais tu es toujours sur le dos pour les hommes... Même moi, je peux comprendre ça, Tanya. Alors, tu vois, tout le monde peut lire dans ton jeu.

Un long moment de silence.

— C'est vrai que des fois, je me sens comme un homme.

— Avec nous, Tanya. Mais dès qu'il y a un homme dans la place, tu deviens la pire des femelles.

— Tu as remarqué ça?

— Même un enfant peut voir ça, Tanya.

— Maintenant, il n'y a pas d'homme ici, Simone...

Tanya se penche et l'embrasse longuement et savamment.

— Oh! Tanya... Fais ce que tu veux de moi.

INTÉRIEUR CHAMBRE. 19 h 13.

Tanya et Simone sont toujours dans le lit. Tanya se réveille doucement. Simone dort encore. Tanya prend doucement le téléphone et se déplace à l'autre bout de la pièce. Elle compose un numéro.

— Allô...

— Simone est là? demande Tanya tout en regardant Simone endormie dans son lit.

— Non, elle est sortie.

— C'est toi, Fanfan?

— Qui parle?

— Tanya.

— Tanya, ne raccroche surtout pas, je vais t'expliquer pour hier soir. Finalement, je ne suis pas sorti. J'avais une fièvre de cheval, chérie.

— As-tu pris les médicaments que je t'ai achetés, l'autre jour?

— Non... J'ai égaré la bouteille...

— Mais, chéri, tu es malade. C'est pour ça que je t'achète des médicaments... Qu'est-ce que tu fais là?

— Rien, j'étais passé prendre un polo que Charlie avait oublié avant-hier chez Simone, et j'ai vu qu'elle n'était pas là...

Tout en écoutant Fanfan, Tanya allonge son pied droit pour pianoter légèrement avec ses orteils sur les fesses fermes et rebondies de Simone.

— Vas-tu l'attendre?

— Non, je vais partir maintenant.

— Bouge pas, chéri, je prends un taxi et j'arrive tout de suite.

Tanya se lève avec précaution pour éviter de réveiller Simone, file à la salle de bains prendre une douche, enfile une robe courte et sort de chez elle par la porte arrière.

Simone sourit dans son sommeil.

UNE NOUVELLE FILLE

Tanya est arrivée un peu après minuit une cigarette à la main (le bout filtre barbouillé de rouge à lèvres). L'immense piste de danse de Cabane créole déjà pleine à craquer. Tabou Combo explose sur la scène décidément trop petite pour le groupe. Les gars semblent en pleine forme. « C'est du tonnerre », comme dit Freddy quand il a trop bu. Chaque table a sa bouteille de cognac. Le rhum, c'est pour les ploucs. Comme chaque fois qu'elle sent monter en elle ce plaisir physique, Tanya se met à rigoler toute seule. Debout dans un angle stratégique, elle passe la salle au peigne fin avant d'aller s'asseoir à la meilleure table. Elle attend maintenant le bon moment pour traverser la salle. Un temps mort. Elle éteint sa cigarette. Maintenant, elle y va. Choubou (le chanteur du groupe depuis l'époque héroïque de Bébé Paramount), un vieil ami, vient de l'apercevoir, et il l'annonce au micro.

— Voici la belle Tanya. Elle est belle, elle est belle, elle est belle, beeeeeelllleeeeee...

Tanya sourit.

— Tanya!

Tanya se retourne vers Minouche attablée tout près de la scène.

— Je ne pensais pas te voir ici ce soir, Tanya...

— Comment ça! Je sors quand je veux.

— Je ne disais pas ça pour te fâcher, ma chère.

— Alors, économise ta salive.

— Relax, Tanya... Je voulais simplement te prévenir.

— Me prévenir de quoi?

— Je disais ça comme ça...

— Si tu as quelque chose à dire, Minouche, dis-le tout de suite. Je n'ai pas de temps à perdre.

— Excuse-moi, je pensais que tu le savais.

— Tu n'as rien à dire, jette Tanya tout en continuant son chemin.

*

Alta rattrape Tanya près des toilettes.

— Je ne pensais pas que tu allais venir ce soir, Tanya...

— Merde! Toi aussi, Alta!

— Fanfan est ici.

— Qu'est-ce que ça peut me foutre!

— Il est avec une fille.

— Alta, Fanfan est toujours avec une fille. Ce n'est pas ça qui me tuera.

— Oh! je vois.

— C'est ça, Alta. Occupe-toi de tes affaires.

— Merci, ma chère.

Tanya est encore assise sur la cuvette des toilettes, la tête dans les mains, quand les deux filles arrivent.

— Tu la trouves belle, toi ? demande la première.

— Qui ça ? répond l'autre.

— Tanya.

— Oh ! elle n'est pas laide, mais Choubou exagère.

— Je trouve que son genre est passé de mode...

— Quel genre ?

— La fleur au coin de l'oreille.

— C'est vrai qu'elle a de beaux yeux, mais je n'aime pas ses mains.

— Tu as remarqué ça, toi aussi ?

— Mais qu'est-ce qu'il veut, Choubou ?

— Tu n'avais pas compris... Il voulait simplement prévenir Fanfan que Tanya est arrivée. Ces deux-là partagent tout.

— Que veux-tu dire ?

— Tu me comprends très bien.

— Non, je ne vois pas...

— T'es sérieuse ! Bon, c'est simple, si Choubou a une fille, il faut qu'elle passe dans le lit de Fanfan aussi, et vice versa...

— Comment sais-tu ça ?

— Alta me l'a dit.

— Je ne savais pas qu'Alta était avec Choubou.

— Pas Choubou, Fanfan...

— Ah bon ! Lui, ça ne m'étonne pas, il tire sur tout ce qui bouge.

— Et il rate rarement sa cible, conclut l'autre avec un sourire narquois.

Et elles sortent.

Tanya veut voir à quoi ressemble la fille qui accompagne Fanfan. Une beauté. Grande, mince, sophistiquée, alors qu'elle-même est petite, sexy, vulgaire. Le match!

— Salut, Fanfan.

— Salut, Tanya.

— On ne te voit plus.

— J'avais un truc à finir avec Choubou...

— Une fille.

— Quoi?

— J'ai dit que t'avais une fille à finir avec Choubou... Il paraît que vous faites une équipe imbattable.

— Je ne vois pas où tu veux en venir...

— Laisse tomber, Fanfan... Tu ne me présentes pas à ton amie?

— Michèle... C'est Tanya.

— Ah oui! J'entends beaucoup parler de toi, Tanya...

— Je parie, Fanfan, que tu as oublié de lui dire que je suis une de tes maîtresses. Combien sommes-nous ici? Tu ne les comptes plus?

— Ne sois pas vulgaire...

— Tu as changé, alors, Fanfan, parce que, avant, tu les préférais plutôt vulgaires, si je ne me trompe... Quelle est ta spécialité, toi? Suces-tu?

190

— Oh! mon Dieu!...

Pas un muscle n'a bougé du visage de Fanfan.

— Tu es nouvelle alors?

— Je viens juste de rencontrer Fanfan.

— Alors, il ne t'a encore rien dit à propos de Choubou... Aimes-tu le sandwich?

— Je ne comprends pas.

— Qu'est-ce que tu attends, Fanfan! Tu vieillis, mon vieux. Tu ne dis rien... Tu aimerais que je parte. Excuse-moi, chéri, si j'ai gâché ta soirée... Je vais demander à Choubou de se préparer parce que, semble-t-il, il y a « un truc à finir » qui vient... Salut, Michèle.

— Au revoir, Tanya.

Tanya se retourne.

— Et en plus, elle est polie... Vas-tu me dire, Fanfan, où tu as déniché cette perle rare? Tu fais les couvents, maintenant... Oh, je vois, tu l'as sûrement prise au « Lycée français », chez Mme Saint-Pierre. Je reconnais le style. Est-ce qu'elle sait que tu couches aussi avec la vieille?

*

Dans la loge de Choubou.

— Espèce de couilles sèches!

— Qu'est-ce qu'il y a, Tanya?

— Enculé!

— Vas-tu me dire ce que tu me reproches?

— Je croyais que tu étais un ami... Pourquoi ne m'as-tu pas appelée pour m'avertir? Je ne serais pas venue...

191

— Tu connais Fanfan mieux que moi... J'ai vu cette fille, il y a une heure, seule à sa table. Tous les gars tournaient autour d'elle. Visiblement, elle attendait quelqu'un. Même Charlie est venu aux nouvelles. Je ne pouvais pas le renseigner. Personne ne la connaissait. Fanfan est arrivé quelques minutes avant toi. Je n'avais pas le temps de te prévenir.

Un long moment de trêve.

— J'étais aux toilettes, et j'ai entendu les deux filles parler de toi et Fanfan. Il paraît que vous partagez les filles...

— Tanya, chérie...

— Ne t'approche pas de moi.

— Mais non, tu t'es fait avoir par Maryse...

— Qu'est-ce qu'elle vient faire là ?

— C'est elle qui les a envoyées. Ces deux filles étaient à sa table... Qu'est-ce qui t'arrive, Tanya ?

— Non, non, non, tu ne m'auras pas comme ça...

— Est-ce qu'on a déjà couché ensemble ?

— T'es fou !

— C'est toi qui dois le savoir, Tanya, pas ces filles...

— Merde ! Choubou... Pourquoi il me fait ça ?

— Rends-lui la pareille.

— Avec toi, je suppose ?

— Pourquoi pas ?

Elle s'élance toutes griffes dehors.

— Salaud !

— Arrête, Tanya, je blaguais... Merde ! Qu'est-ce qui t'arrive ? Je me souviens quand Fanfan et moi

192

nous t'avons rencontrée à cette kermesse, à l'hôtel Ibo Lélé. Fanfan était complètement fou de toi. Il disait que tu étais son double. Tu étais exactement comme lui. Tu buvais, tu draguais les hommes, et quand ils ne t'intéressaient plus, tu les jetais à la poubelle. Et ça plaisait à Fanfan. Je lui disais : « Mon vieux, celle-là est différente, tu ne pourras pas la traiter comme les autres. » Et il hochait la tête... Et là maintenant, tu agis exactement comme les autres...

Silence.

— Je peux avoir tous les hommes que je veux dans cette salle.

— Alors où est le problème ?

— Sauf lui.

— Je n'avais jamais vu ça sous cet angle... Excuse-moi, Tanya.

— Que dois-je faire maintenant ?

— Rentrer chez toi.

— Les gens vont penser que j'ai peur de cette fille.

— Tu sais très bien que tu ne peux pas te battre contre une fille nouvelle.

Un temps.

— Et si je reste ?

— Ce sera ta décision, Tanya.

— Et ça veut dire quoi ?

— Que je ne me mêlerai plus de cette histoire.

— D'accord, mais je ne vais pas traverser toute la salle...

— Mais non, tu passeras par-derrière... Je dois retourner sur la scène. Je t'envoie Chérubin. Il te conduira chez toi, comme ça personne ne saura que tu as quitté...

— De toute façon, je ne veux voir personne avant huit jours, pas même lui...

— T'inquiète pas, tu ne le verras pas.

— Salaud!

On entend des applaudissements mêlés de cris.

— Il faut que j'y aille, Tanya... Il te reviendra, de toute façon. Il est toujours revenu à toi.

— Je ne sais plus...

— C'est ce que tu dis chaque fois...

*

Choubou monte sur la scène. La foule hurle. Et au moment d'attraper le micro, il fait un discret et rassurant clin d'œil à Fanfan. Ce n'est pas la première fois qu'il le sort du pétrin, celui-là. Mais la fille semble appétissante. On verra.

UNE PÊCHE FACILE

Assise au comptoir du Quiesqueya, Tanya commande un cognac.

— Comment c'était hier soir, Tanya? lance le barman.

— Je ne suis pas restée... J'étais crevée. Je suis rentrée me coucher avant minuit. Fanfan aussi était fatigué. Je me suis couchée tout habillée.

— Et maintenant?

— Oh! là, je suis bien reposée.

Le barman file à l'autre bout du comptoir s'occuper d'un autre client, un Blanc accompagné d'une grande fille explosive. On ne peut pas appeler ça des seins. Des obus.

— Qui est ce type? demande Tanya d'une voix sèche.

— C'est le consul américain... Un bon client... Il tire sur tout ce qui a de bonnes fesses comme toi ou des seins comme elle... Il t'intéresse? Moi, c'est la fille qui l'accompagne que je trouve superbe.

— Pas mal...

— Tu appelles ça pas mal... Veux-tu que je te présente au type? Ça peut s'arranger, tu sais...

— Pas tout de suite... Je me demande ce que tu lui trouves. Elle n'est pas si belle que ça...

— Peut-être, Tanya, mais t'as pas vu ses seins!

— C'est fou, tous les hommes que je connais sont complètement obsédés par les seins.

— Je ne sais pas pour les autres, jette le barman tout en continuant d'essuyer la petite flaque d'eau sur le comptoir, mais moi, les seins, ça me rend fou.

— Ah! je comprends maintenant, lance Tanya avec un bref éclat de rire... Tu aimerais me voir partir avec le type pour pouvoir consoler la fille.

Le barman a un petit rire de gorge.

— Chacun défend ses intérêts. Veux-tu un autre cognac? Tiens! je te l'offre...

Il lui sert un cognac. Tanya regarde pendant un long moment le liquide dans le verre. L'Américain vient brusquement de s'apercevoir de sa présence. Il lui a jeté un intense coup d'œil. La vue, quel sens fabuleux! Tout ce qu'on peut détecter chez quelqu'un en moins d'une seconde. Tanya (petite et brune) n'est pas une beauté fracassante. On ne la remarque pas tout de suite quand elle arrive quelque part (pas comme Simone ou Minouche, si on aime le genre). Mais celui qui la regarde, ne serait-ce qu'une fois, ne pourra s'empêcher de lui jeter un second coup d'œil. Un troisième. Et un quatrième. Pourquoi est-ce ainsi? Une sensualité assez particulière

196

touchant la texture de la peau, sa façon de bouger son corps (on dirait qu'elle n'arrête jamais de danser), et surtout ses yeux. Ah! les yeux de Tanya. Son arme favorite. Quand elle décide de les tourner vers toi (ce regard qui panoramique et zoome à la fois), on a intérêt à se planquer sous la table. Elle fait tout très lentement mais en y mettant une énergie incroyable! Justement, elle vient de lancer trois salves du côté du consul, placé à l'autre bout du comptoir. Et le voilà qui s'amène déjà.

— Puis-je vous offrir un verre?

— Vous êtes avec quelqu'un, je crois...

— Cela ne peut pas m'empêcher de vous offrir un verre.

— Possible, mais figurez-vous que je ne suis pas une pute, comme vous semblez le croire... C'est comme ça que vous imaginez les Haïtiennes!

L'Américain fait un léger mouvement de recul.

— Je n'ai jamais pensé une pareille chose...

— Alors, pourquoi voulez-vous à tout prix m'offrir un verre? Comme si je ne pouvais pas m'en payer un...

— C'est un geste spontané... Je suis comme ça... Je m'appelle Harry, je suis le consul américain...

— Quand vous accompagnez quelqu'un, la politesse vous oblige à rester auprès de lui...

— Vous avez raison, lance Harry brusquement (tout est brusque chez cet homme) avant de retourner à sa place.

Après un moment, le barman se tourne vers Tanya.

— Tu l'as presque chassé, alors que, tout à l'heure encore, il semblait t'intéresser.

Le sourire ambigu de Tanya.

— Qu'est-ce qui te fait croire qu'il ne m'intéresse plus ?

— Tu viens de le traîner dans la boue.

— C'était lui ou moi.

Le barman fait un geste pour dire qu'il jette l'éponge.

— Vous les femmes, vous êtes impossibles, franchement impossibles.

— On essaie simplement de se défendre, fait Tanya en minaudant un peu.

— Quand vous voulez quelqu'un, vous êtes capable de faire deux cents kilomètres sur les genoux, et si nous on fait ne serait-ce qu'un pas vers vous, vous sortez les griffes.

— C'est comme ça, papa...

— Ne m'appelle pas papa.

— Oui, papa.

Il sourit.

— Tu ne veux pas un autre cognac ?

— Oui, mais c'est lui qui paiera, dit-elle en pointant Harry du doigt.

Le barman reste bouche bée.

— Là, je ne comprends plus rien. Tu viens juste de refuser son offre...

Tanya fait un geste de la main, comme pour chasser une mouche imaginaire.

— T'inquiète pas, il paiera, puisque ça lui fait tant plaisir.

— Si tu le dis... Sinon, c'est moi qui te l'offre.

— Merci, papa, mais je ne veux pas de ton argent. Je sais qu'il paiera.

La jeune femme (aux seins dangereux) vient de partir précipitamment vers les toilettes en emportant son sac à main, ce qui veut dire qu'elle en a pour un moment là-dedans. Tanya laisse passer un temps (celui de terminer calmement son verre) avant de filer, elle aussi, vers les toilettes.

*

Tanya la trouve en train de pleurer devant le miroir.

— Qu'est-ce qui se passe ? demande Tanya sur un ton compatissant.

Elle se cache le visage entre les mains.

— Il est à toi. Je te le laisse...

— Qui ?

— Ne te moque pas de moi en plus. Tu crois que c'est amusant de parler à un homme qui ne fait que regarder une autre femme.

— Je suis d'accord, mais je n'ai pas touché à ton mec.

— C'est pour ça que je te le laisse.

— Mais je n'en veux pas...

La jeune femme se met brusquement à sangloter et ses seins sautillent comme si elle faisait du vélo sur une route rocailleuse.

— Tu l'as rendu dingue.

Elles se regardent un moment, en silence.

199

— Et si je te dis que c'est toi qui m'intéresses, fait Tanya calmement.

— Comment ça ?

— Ne t'inquiète pas, jette Tanya d'une voix qui se veut rassurante... Seulement, tu me touches quelque part.

— Merci, dit la fille en baissant pudiquement les yeux.

— Tanya... Et toi ?

— Moi, c'est Florence.

— Florence, je vais te proposer quelque chose, lance Tanya sur un ton plutôt gai.

La jeune femme relève vivement la tête.

— Quoi ?

— Si on le laissait là, en plan, ce con, et qu'on aille prendre un verre quelque part... T'inquiète pas, on ne perd jamais un homme qu'on a plaqué...

Un temps. Puis la jeune femme sourit. Tanya aussi.

— Je suis d'accord. Laissons-le là... Allons ailleurs.

— Viens, dit Tanya, passons par là. Je connais une sortie.

— Où va-t-on ?

— On va à l'Hippopotamus, mais d'abord, je dois passer chez moi. Ça ne prendra pas longtemps.

— C'est loin ?

— Non, juste en face... Quand je n'ai rien à faire, je viens ici causer avec le barman. Il est très gentil.

— C'est ton homme ? demande naïvement Florence.

— Mes hommes ne sont jamais gentils... Quand ils sont gentils, ce sont simplement des copains.

— T'es pas chanceuse alors...

Tanya sourit.

— Je les aime ainsi... Et toi?

— Moi, dit Florence, un peu déstabilisée... je ne sais pas... je ne sais plus...

— Tu te cherches?

— Ça doit être ça, jette-t-elle dans un rire sec.

— On va prendre ce verre, et tu verras, ça fera passer ton petit coup de cafard.

*

— Chéri! lance Tanya en pénétrant dans la maison... Es-tu là?

Aucune réponse.

— Où es-tu, chéri?

— Dans la chambre.

Tanya se tourne vers Florence, restée debout près de la porte.

— Assieds-toi un moment. Je reviens tout de suite...

Et elle court vers la chambre.

— Qu'est-ce que tu fais, chéri? Tu dormais encore?

— Fous-moi la paix, Tanya, veux-tu...

— J'étais partie prendre un verre, chéri, pendant que tu dormais si bien, et devine ce que je t'ai apporté?

— Encore une bouteille de parfum de merde. Je ne savais pas qu'on en vendait dans les bars aussi...

— Ne te moque pas de moi, mon amour. Dis-moi : qu'est-ce qui, d'après toi, est grande, svelte, avec beaucoup de cheveux et une paire de gros seins ?

Fanfan se rassoit immédiatement.

— Elle est ici ?

— Et elle est à toi, si tu es sage ?

— Où l'as-tu pêchée, celle-là ?

— Elle s'appelle Florence, et elle est très gentille... Elle aime bien pleurer, et elle n'est pas très sûre de son type d'homme pour le moment... Exactement comme tu les aimes...

— Je t'ai demandé où l'as-tu trouvée ?

— En face. Au bar.

— Tu n'as pas été bien loin.

— Maintenant, elle et moi, on va prendre un verre à l'Hippopotamus, et tu l'auras à notre retour si tu es encore là.

— Où veux-tu que j'aille ? Et pourquoi pas maintenant ?

— Attends un moment, chéri... Je lui ai promis de l'emmener à l'Hippopotamus d'abord, et à notre retour...

— Ça va, je serai là.

— Ne te fâche pas, Fanfan chéri, c'est la seule façon que j'ai de te garder ici plus de deux jours.

— Fous le camp maintenant.

LE CLUB

Cela faisait des mois que Mme Saint-Pierre n'avait pas mis les pieds au Cercle Bellevue. Elle allait retrouver Christina assise tout au fond, à moitié cachée derrière ces grands paravents japonais. On se demande où ces deux-là (une Française et une Américaine) s'étaient-elles rencontrées ? Selon Mme Saint-Pierre, c'était à une soirée à l'ambassade des États-Unis organisée par Harry, le mari de Christina. On recevait, ce jour-là, une anthropologue (une grande femme noire au regard triste et doux), disciple de Margaret Mead, qui travaillait depuis une dizaine d'années sur le rapport mystérieux qu'entretiennent avec la mort les peuples africains et leurs descendants en Amérique. Le sujet n'étant pas assez attrayant, une douzaine de personnes seulement s'étaient retrouvées dans la vaste salle de réception pour accueillir cette spécialiste mondiale de la mort. Le docteur Louis Mars était parmi les invités, et il a disserté – un peu trop longuement, mais ce fut tout de même captivant – à propos de la place de la mort dans le vaudou haïtien. Ce qui aurait pu être macabre ou pire, rasoir, s'est révélé une soirée vraiment charmante. Christina n'avait jamais ri autant, et c'était en partie, pour beaucoup même, grâce à Mme Saint-Pierre. Et depuis elles sont devenues de bonnes amies qui se téléphonent une fois par semaine ou se retrouvent, au moins une fois par mois, dans un restaurant (souvent Chez Gérard, rarement au Cercle Bellevue) pour faire le point de la situation, ce qui veut dire se confier des choses relativement intimes à propos de leur vie personnelle tout en se partageant les informations qu'elles ont, chacune de son côté, recueillies au sujet de leurs fréquentations communes.

— Excuse-moi, dit Mme Saint-Pierre, je devais passer chez ma couturière, et ça a pris plus de temps que prévu...

— Mais j'ai failli ne pas te reconnaître, Françoise... Je te voyais venir, et je me demandais qui c'était.

— Ah bon!

— Tu sembles si différente depuis la dernière fois qu'on s'est vues. Deux femmes totalement différentes. Je n'ai jamais vu un changement aussi brutal...

— Je me suis seulement coupé les cheveux, Christina...

— Pas seulement ça... Je ne sais pas, moi, il y a une sorte d'énergie nouvelle chez toi...

Mme Saint-Pierre éclate d'un rire tout juvénile.

— Qu'est-ce qui se passe, Françoise?

Mme Saint-Pierre sourit. Christina s'assoit. Le serveur s'amène.

— Juste un Perrier pour moi, dit Mme Saint-Pierre.

— Tu ne prends même pas un sandwich? demande Christina.

— Je n'ai pas faim.

— Tu as déjà mangé?

— Non.

— Tu es amoureuse?

Mme Saint-Pierre rougit violemment.

— De qui?

— Tu ne le connais pas.

La voix de Christina avait atteint ce ton aigu propre à l'âge pubère alors qu'elle s'approche de la ménopause.

— Raconte-moi tout...

— Je ne peux pas, Christina...

— Je vois... C'est un homme marié.

— Oh non... C'est pire...

— Qu'est-ce qui peut être pire qu'un homme marié?

L'œil vif et sensible de Christina semble capter quelque chose dans l'air.

— Un ministre de Duvalier...

— Christina! Je ne fréquente pas les barbouzes...

— Alors c'est quelqu'un du Club? C'est ce dentiste que tu détestes tant...

— Nooon...

— Comment s'appelle-t-il déjà?

— Je t'ai dit non... Tu n'es pas du tout sur la bonne piste.

— Alors, je t'écoute... Je déteste les devinettes...

— Je ne peux pas te le dire... J'ai vraiment honte, Tina...

— Voyons, Françoise, tu n'as plus dix-sept ans...

— Lui, il a dix-sept ans.

— De quoi tu parles, Françoise?

— Je te dis que j'ai séduit un gamin de dix-sept ans...

Le garçon est revenu avec le Perrier et un morceau de citron. Mme Saint-Pierre se met le citron dans la bouche avant de boire toute la bouteille d'une traite, ce qui impressionne fortement Christina.

— Depuis deux semaines, je ne fais que des trucs de ce genre... Je ne peux rien faire comme avant... Même pour boire un verre d'eau, il faut que j'invente une façon de le faire... Tu sais une chose, Christina, je suis devenue folle...

— Tu es simplement réveillée, ma chère... Avant tu dormais...

— Comment sais-tu cela?

— Je n'en sais rien... C'est toi qui viens de le dire... Tu faisais tout machinalement. Maintenant tout a un sens pour toi...

— C'est vrai, mais c'est une chose terrible... Il a dix-sept ans... Il aurait pu être mon fils... C'est le fils de ma couturière...

206

— Et c'est avec lui que tu étais tout à l'heure?
Un temps.

— Oui... Cela faisait deux jours que je ne l'avais pas vu... Je n'arrivais plus à respirer... Je suis passée devant le café, et il était là. Je n'ai pas pu résister. Il est venu me retrouver dans la voiture, et on a roulé dans la ville. C'est lui qui me dirigeait. Je ne savais même pas où j'étais. C'est un vrai miracle si je n'ai pas écrasé quelqu'un. Mais c'est une chose incroyable qui m'arrive là! Je me sens comme une enfant perdue dans une forêt, et je ne veux absolument pas retrouver mon chemin. Je suis réduite à ma plus simple expression, Tina. Rien ne compte que cette chose qui ne me laisse pas une seconde de répit. Souvent je suis euphorique, et la seconde d'après j'ai l'impression de tomber dans un trou noir sans fin. C'est comme une montre, tu sais, ça ne s'arrête pas, même quand je dors... Je parle, je parle, et tu ne dis rien... S'il te plaît, ne me juge pas... Dis quelque chose, Christina, blâme-moi mais dis quelque chose...

— Je suis simplement jalouse de ce qui t'arrive, Françoise...

— Pourquoi tu serais jalouse d'une chose qui m'empêche de vivre... Et je ne sais même pas comment tout ça va finir...

— En attendant ça te fait un joli teint... Tu es irrésistible... Tu n'as pas remarqué tous ces hommes des tables voisines qui te dévisagent?...

— Non, ils ne m'intéressent pas. Je ne les vois pas. D'ailleurs, je ne vois rien. Tout est flou, sauf lui.

Qu'est-ce qui m'arrive? Pourquoi je n'ai pas connu ça avant quand j'étais plus jeune. Tu sais mon problème c'est la sueur. Je sue, je sue, je sue, et ça me fait peur. Cette odeur d'une femme dans la cinquantaine, tu la sens?

— Qu'est-ce que tu racontes là? Tu sens du Nina Ricci, rien d'autre, Françoise...

— Tu ne peux pas comprendre! Nous n'avons pas la même odeur. Ah! son odeur... Tu sais qu'il a une odeur végétale? C'est pas un parfum, c'est son odeur... Pourquoi cela m'arrive en pleine ménopause?... Bon, et June, comment va-t-elle? Je l'ai vue en entrant, elle a vraiment un joli smash. C'est une fille bien équilibrée, Christina... Et côté cœur? A-t-elle un petit ami?

— Non, personne pour le moment, mais je ne désespère pas... Mais toi et ce garçon, avez-vous couché ensemble?

Mme Saint-Pierre eut un léger mouvement de recul.

— Pourquoi tu me demandes ça?

— Pour rien...

— Je commence à te connaître, tu ne parles jamais pour parler... Alors oui, c'est arrivé deux fois déjà...

— Et tu as joui?

Le rire gêné de Mme Saint-Pierre. Le visage grave de Christina.

— Dès qu'il me touche...

— Je peux te demander quelque chose?

— D'accord... Tu commences à m'embarrasser. C'est que je ne vois pas où tu veux en venir...

— Es-tu passive ou active ?

Un silence.

— Active... C'est moi qui initie tout, mais dès que je m'approche trop près de lui tout se dérègle en moi... On dirait une mécanique détraquée, et je ne contrôle plus rien.

— As-tu l'impression que même s'il est couché sur le dos passivement, c'est encore lui qui mène ?

Un plus long silence.

— Oui...

— C'est tout ce que je voulais savoir...

— Pourquoi veux-tu savoir tout ça ?

— Je ne peux pas te répondre car ce n'est pas mon secret... Il y a quelqu'un d'autre d'impliqué dans l'histoire...

— C'est ta fille... Tu l'as surprise avec un garçon ? C'est ce que tu voulais... Du moment qu'elle se protège...

— Ce n'est pas cela ! Je l'ai découverte en train de chevaucher le boy qui travaille chez nous... Oh ! Seigneur ! je n'aurais pas dû te dire cela. Je n'ai même pas encore trouvé le courage de lui en parler. Je ne sais pas quoi faire avec ça...

— On va en parler calmement... J'ai un rendez-vous tout à l'heure. Qu'est-ce que tu fais samedi ?

— Je fais du cheval avec June le matin... Si on allait manger après Chez Gérard ?

— C'est d'accord, sauf si...

— Je comprendrai, Françoise...

*

Harry terminait une partie au moment où sa femme et Mme Saint-Pierre arrivaient. Harry a gagné haut la main. S'il domine un adversaire, ce n'est pas le genre à lui laisser une chance. C'est une machine à détruire. Mme Saint-Pierre applaudit. Christina reste silencieuse, un léger sourire flottant sur ses lèvres. C'est signe que cette femme est encore amoureuse de son mari. Harry s'amène vers les femmes tout en enlevant son tee-shirt. Rouge comme une écrevisse ébouillantée. Torse nu et en sueur, il dégage une certaine force. Genre animal. Harry jette un vif regard vers la grande barrière verte du Cercle Bellevue. L'affaire d'un quart de seconde. Christina a vu le mouvement, et a vite remarqué la fille qui semblait attendre Harry près de la barrière depuis un moment. C'est nouveau, se dit-elle, qu'elles viennent ici. Elle a l'impression de recevoir une gifle. Christina jette un second bref regard vers la fille avant de lui tourner le dos complètement. Elle a déjà vu cette fille. Petite, bien faite, fesses dures, cuisses fermes, très noire, comme Harry les aime. Elle dégage une forte charge sensuelle. Ce genre de fille n'a pas froid aux yeux, se dit Christina.

— Ah! merde, dit Mme Saint-Pierre... J'ai oublié mon écharpe sur la chaise.

Harry se propose pour aller la chercher.

— Profite aussi pour prendre une douche, lui dit Christina...

— T'as raison, dit Harry, d'autant que je ne remonte pas avec vous...

— Ah bon, fait Christina.

— Je dois passer au bureau pour signer quelques papiers...

— Un samedi.

— Oui, ils en auront besoin lundi matin, tôt...

Harry file avec une certaine souplesse vers l'intérieur du Cercle.

C'est le tour de Françoise.

— Excuse-moi, Christina, je crois que Harry ne trouvera jamais cette écharpe ; je l'ai laissée sur la table de Jacqueline...

— Jacqueline Widmaier est là ! Je ne l'ai pas vue...

— Elle se fait discrète, elle est bien accompagnée...

— De qui ?

— D'un jeune musicien qu'elle veut lancer, semble-t-il...

— Elle ne prendra pas sa retraite, celle-là...

— Laisse-moi y aller, Harry doit commencer à devenir fou, tu sais comment il est impatient...

Voilà le genre de remarque à ne pas faire à la femme d'un homme dont on a été la maîtresse. Un voile sur le visage de Christina. Le partenaire de Harry (le dentiste dont elles parlaient tout à l'heure) salue Christina en passant. Mme Saint-Pierre en profite pour filer, toute honteuse. Christina se retrouve seule, debout sur le gazon.

— Je peux vous parler un moment, madame... Ça ne sera pas long...

Christina se retourne, légèrement hébétée par la surprise.

— Bien sûr...

— Je m'appelle Tanya... Je vais droit au but : je suis la maîtresse d'Harry... C'est chez moi qu'il passe la nuit quand il ne rentre pas.

— Et pourquoi vous me parlez de ça, Tanya?...

— Ce n'est pas la première fois que je vous vois.

— Et alors?

Christina semble commencer à reprendre ses esprits.

— Vous méritez mieux.

Elle jette un regard plus détaillé sur la fille.

— Si j'ai bien compris vous voulez mon mari?...

Tanya éclate de rire.

— Mais alors là pas du tout... Ce type n'est pas mon genre...

Christina, de nouveau désarçonnée. Cette fille bouge vite. Christina se mord les lèvres en se disant qu'elle ne pourra jamais tenir un pareil rythme.

— Qu'est-ce que vous voulez alors?

— Harry me donne parfois un peu d'argent...

— C'est de l'argent bien gagné, je suppose...

— Si vous me donnez la même chose, je vous le laisse...

— Mais qui vous donne le droit de me parler ainsi!... Harry peut bien sauter toutes les petites négresses qu'il veut, mais moi c'est différent... Des gens comme vous, je ne les emploie même pas comme domestique...

— Oh, on se calme... J'étais venue simplement vous faire une offre... Si cela tient, faites-moi signe... Ne vous inquiétez pas, je sais où vous trouver...

Elle part. Démarche féline. Christina la regarde avec une certaine admiration. Un tel culot! Christina sent tout à coup venir les larmes. Elle se pince jusqu'à hurler pour éviter de pleurer. Voilà Mme Saint-Pierre qui s'amène, souriante.

— Christina, j'ai toutes les informations... J'ai croisé Jacqueline Widmaier en train de se maquiller aux toilettes. Elle devient subitement coquette chaque fois qu'elle a un nouveau type dans sa vie. Toujours plus jeune que le précédent. Peut-être qu'elle pourra m'aider dans mon affaire. Elle a de plus en plus l'air d'un requin. C'est qu'elle ne cache plus ses ailerons. Bon, assez parlé de moi. C'est un tout jeune musicien, comme je te disais, qui vient de sortir un disque qui fait fureur en ce moment. Ça tourne constamment à la radio si j'ai bien compris. Il est bourré de talent mais plein de doutes aussi, un vrai garçon. Elle m'a raconté qu'elle l'a traqué nuit et jour, pendant une semaine. Cela fait seulement deux jours qu'elle a pu hisser son drapeau au sommet de la forteresse. Et depuis il dort dans le petit chalet que Jacqueline possède à Kenscoff. Elle m'a dit en riant : « Il en fait trop, et je ne suis plus jeune. » Elle avait quand même les yeux brillants. Ah! quelle saison!... Qu'est-ce que tu as, toi? Qu'est-ce qui s'est passé avec cette fille?

— Quelle fille!

— Même toi, Christina, tu me prends pour une dinde... Je te pardonne car tout le monde me croit stupide. Quand j'ai vu le manège de Harry, j'ai inventé cette histoire d'écharpe pour te donner la possibilité de chasser cette fille... Elle n'a pas le droit de venir ici. Je pense qu'il faut remettre ces gens à leur place.

— Peux-tu m'accompagner à la maison?

— Tu n'as pas ta voiture?

— Je ne pourrai pas conduire... J'enverrai quelqu'un la chercher...

— Si tu ne te sens pas bien, Harry doit rentrer avec toi...

— Tout à l'heure, tu m'as raconté ton histoire, et je ne t'ai pas jugée...

— Excuse-moi, Christina... Ma voiture est à l'autre bout, à gauche...

— Je me sens très fatiguée tout à coup...

— Tu ne veux pas que je reste avec toi?... On pourrait aller à Saint-Marc?

— Non, ça va passer...

UN COUP MORTEL

Charlie est allongé entre les longues jambes un peu maigres de Missie et promène sa langue, avec autant d'art que le chanteur du groupe Tabou Combo (Choubou) le fait avec son micro, sur le fruit tropical le plus juteux de la ville. Cette étrange caresse (et combien lentement exécutée!) ne lasse jamais Missie. Surtout vers la fin de l'après-midi. C'est elle qui insiste chaque fois pour qu'elle ait lieu. La pulpe douce de Missie. Son sexe exhale en de profondes bouffées une odeur de fruit mûr. Son enveloppe est peut-être européenne, mais son intérieur est totalement, profondément caraïbe. La fente de Missie sent la goyave. Son ventre se durcit et se tend du même coup, invitant la langue de Charlie à l'explorer à nouveau (elle gémit sans cesse), avec une ardeur et une rapidité redoublées, puis avec de plus en plus de douceur et de délicatesse aériennes. Après l'orgasme brutal (elle tremble tout entière et manque de se noyer avec sa propre salive), barbare, qui envahit son corps cabré sous la pointe de la langue de Charlie, Missie est maintenant prête à se donner n'importe où et n'importe comment, avec frénésie et sans souci du temps. L'orgasme né de la langue de Charlie lui sert en quelque sorte de mise en train.

Charlie se relève et s'habille. Regard étonné de Missie.

— Où vas-tu?

— Je vais manger.

Missie continue à être secouée de tremblements nerveux sur le lit.

— Tu ne peux pas me faire ça.

— Qu'est-ce que je te fais?

— Viens ici...

— J'ai faim. Toi, tu peux te permettre de faire un régime. On bouffe bien chez toi depuis des siècles...

— Qu'est-ce que tu racontes là!... J'ai faim d'autre chose, moi...

— Ta faim peut attendre; la mienne, pas.

— Pourquoi tu compares? C'est pas juste.

— J'ai pas le temps de philosopher... J'ai envie de bouffer... De toute façon, on peut faire les deux en même temps...

— Qu'est-ce que tu veux dire?

Charlie se dirige déjà vers la porte. Missie enfile rapidement sa minuscule robe rouge qui traînait sur le plancher. Elle retrouve Charlie dans la rue. Il y a à peine un mois, on aurait dit à Missie qu'elle allait courir ainsi derrière un homme qu'elle ne l'aurait pas cru. De plus, un type du bas de la ville. Missie se propose d'examiner ce qui lui arrive, un jour, à tête reposée. Justement c'est ce qui lui manque dangereusement : le repos. Elle rentre chez elle pour se reposer, mais passe son temps à regarder le plafond tout en pensant à Charlie. C'est simple, elle pense à Charlie même quand elle est avec lui. Il y a comme deux Missie en activité : une qui est avec Charlie, et l'autre qui pense à lui.

— Où va-t-on ?

— Chez Gérard.

— T'es fou ! Tous les gens que je connais vont être là.

— Tes copains aussi ?

— Pas mes copains... C'est trop ringard. C'est un truc pour les mères. Toutes les bonnes femmes du Cercle Bellevue se retrouvent là... Et c'est très cher aussi, je te signale...

— Je m'en fous, c'est toi qui paies.

— Ah bon, dit Missie qui se demande pourquoi elle accepte ça et jusqu'où ça va aller. Car chaque jour, Charlie trouve une façon de la provoquer. L'impression qu'il joue constamment à la roulette russe avec elle. C'est quand la déflagration ? Pourvu qu'elle ne rencontre pas une connaissance là-bas, se dit-elle tout en trottinant derrière lui.

*

Au restaurant Chez Gérard. Foule guindée. On leur donne une bonne table. Le maître d'hôtel connaît Missie. Le couple s'assoit. Missie se relève immédiatement pour aller aux toilettes. Elle vient de voir assise dans le coin gauche, au fond, la directrice de son école, Mme Saint-Pierre, en train de causer avec la mère de June. Tous les hommes d'affaires la suivent du regard, les yeux injectés de sang. La voilà qui marche tranquillement (elle ne veut pas donner l'impression de s'enfuir) vers le fond de la salle, son joli cul ondoyant sous la soie rouge en haut de ses longues jambes. Tous ces hommes imbibés de cognac savent à cette seconde même que ce cul est d'une forme parfaite, et que celui qui l'a essayé, qui l'a tenu dans ses mains, ne l'oubliera jamais jusqu'à la fin de ses jours. Et tout ça appartient à ce petit merdeux. Charlie attend quelques minutes avant d'aller frapper à la porte de la section réservée aux femmes. Une Missie souriante et effrayée lui ouvre, un tube de rouge à lèvres à la main. Sans prononcer une parole, Charlie entre, la repoussant dans l'étroit local carré que baigne une lumière bleutée. Il l'embrasse à pleine bouche et sa main cherche son corps.

— On peut pas, ici, mon chéri. Tout le monde connaît mon oncle...

— C'est d'abord pour ça que j'ai choisi ce restaurant.

Les mains de Charlie s'emparent déjà des hanches de Missie, négligeant le slip de satin rouge pour s'agripper à la pulpe du doux postérieur. Deux lunes.

— Qu'est-ce que tu fais? Non, pas ici, je t'ai dit... Allons dans un bar si tu veux... On va au Paradise, d'accord?

Elle n'a pas le temps de poursuivre : Charlie vient de tourner d'un geste sec le postérieur dans sa direction, courbant de force Missie qui n'a plus que la ressource de s'accrocher des deux mains à la cuvette du lavabo. Il n'a pas eu besoin de relever la courte robe pour voir se présenter à lui toute la magnificence de cette superbe croupe aux tendres hémisphères. Son sexe se sent irrésistiblement envahi par une ondée sanguine. D'une main, Charlie pénètre sous les globes de Missie, trouvant sans erreur possible le point chaud et humide qui marque l'entrée du plus étroit petit con du monde. Il écarte légèrement la soie fragile et, d'un seul coup de reins, la pénètre. La surprise est telle pour Missie qu'elle se mord la lèvre inférieure jusqu'au sang pour ne pas hurler. Tout en écartant ses cuisses autant qu'elle peut, elle abaisse ses bras appuyés à la cuvette. Charlie la prend fermement, sachant qu'elle aime être solidement harponnée par-derrière. Ils s'embarquent dans un voyage vers cette destination connue d'eux seuls maintenant. Le temps n'existant plus. Le monde non plus.

— Qu'est-ce qui se passe dans les toilettes ? piaille soudain une voix aiguë. Allez-vous ouvrir à la fin ? Croyez-vous qu'on peut attendre indéfiniment ?

Missie se retourne vivement.

— C'est Mme Saint-Pierre ! La directrice de mon école.

Charlie se met à sortir et à entrer en Missie avec encore plus de lenteur pour s'arrêter même à un moment donné. Un temps qui semble long à Missie. Mais Mme Saint-Pierre continue à frapper à la porte.

— Veux-tu que je m'arrête?

Le regard effaré de Missie dans le miroir.

— Ne t'arrête pas, je t'en supplie. Baise-moi encore un peu. Je vais jouir. Baise-moi... Oh! Seigneur, comme c'est bon... Je sens que je vais mourir...

Quelques minutes plus tard, indifférents aux coups frappés à la porte et aux exclamations de cette femme outrée qui leur parviennent comme à travers un nuage, Charlie et Missie se mettent à jouir simultanément, ce qui ne leur arrive que dans des endroits inusités comme celui-ci. Le sperme de Charlie se déversant en saccades furieuses au plus profond du corps arqué de Missie qu'il tient étroitement pressée contre lui, une main plaquée contre son petit ventre palpitant d'animal sauvage.

UNE SOURIS DANS L'ESCALIER

Charlie était couché sur le lit (il regardait le plafond) quand Fanfan est arrivé.

— Il y a une fille dans l'escalier... Il m'a semblé qu'elle pleurait...

— C'est Missie.

— C'est elle ! Pas mal du tout... Jolie prise, mon vieux...

— Je viens de lui dire de rentrer chez elle, ça fait trois jours qu'elle traîne ici.

— Tu veux la mettre en manque ?

— C'est même pas ça ! Je ne peux pas changer ma vie pour elle, Fanfan. Maintenant qu'elle y a goûté, elle ne veut plus quitter le lit, et moi j'ai d'autres choses à faire, tu comprends ?... Je sais bien que dès qu'elle en aura assez de moi, je ne la verrai plus... C'est comme ça, mon vieux, et j'accepte le jeu. Pourquoi les filles font toujours tout un tralala ?

— Tu peux bien parler, tu as toutes les cartes en main... Attends, Charlie, que le jeu change de main...

— C'est pas moi qu'elle veut, Fanfan. C'est la chose... Tant que je l'occupe un peu, elle n'ira pas emmerder mes parents, tu comprends? Merde! C'est uniquement pour ça que je fais ça...

— Tu veux toujours ton fric? demande Fanfan en sortant quelques gourdes froissées de sa poche.

— Non, ça va, fait Charlie avec un sourire en coin...

— Vas-tu au match, ce soir?

— Qui joue?

— Violette contre Don Bosco.

— Bof... 2 à 0 en faveur de Violette.

— Pas sûr... Manno Sanon est en excellente forme ces jours-ci, je l'ai vu quand Don Bosco a étripé Bacardi. Et Vorbe a un petit problème à la cheville... Moi, je dis 2 à 1 pour le Don Bosco.

— Calmons-nous... On parle bien du Violette Athletic Club? Cette équipe peut battre Don Bosco même avec deux joueurs manquants. Vorbe peut rester chez lui, mon ami.

— Pas depuis que Manno Sanon est au Don Bosco... Ce que tu dis c'était avant là...

— Tu veux parier combien?

— Je ne veux pas de ton argent... Je connais les résultats: ce sera 2 à 1, en faveur du Don Bosco. Sanon marquera les deux buts en première mi-temps. Vorbe marquera pour le Violette vers la fin du match.

— Si tu es si sûr que cela, on devrait parier 100 dollars?

Fanfan donne l'impression de recevoir un coup de poing en plein visage. Il fait rapidement le calcul : 100 dollars fait 500 gourdes. C'est une somme dont il ne dispose pas. Il est sûr de gagner, mais si par malheur Sanon se fait mettre dehors pour une raison quelconque, tout au début du match, Vorbe va se retrouver seul sur le terrain, et même avec une cheville molle, ce démon serait capable de marquer facilement deux buts. Où est-ce qu'il trouvera l'argent alors ? Il ne pourra quand même pas demander 500 gourdes à sa mère. C'est Mme Saint-Pierre qui paiera alors. Quant à Charlie, Fanfan est maintenant sûr qu'il joue avec l'argent de Missie, sinon il aurait parié, comme toujours, 20 gourdes. Fanfan pense si jamais il gagne, il faudrait que Charlie soit en mesure de payer.

— Je vais la chercher, Charlie...

— Qui ?

— Missie... Ses yeux luisaient dans la pénombre. On aurait dit une petite souris.

Charlie semble soupeser la situation durant un bref moment.

— C'est comme tu veux... Le problème c'est qu'elle ne veut pas me quitter. Si je ne lui dis pas de partir, elle ne rentre jamais chez elle. Je ne sais pas ce qu'elle trouve ici. Une petite chambre sans fenêtre.

— Ça a changé...

— Bon, elle fait la vaisselle et le lit... Elle commence à décorer ça discrètement. Des fois je sors et je la laisse. Et quand je reviens, il y a toujours quelque chose de nouveau dans la chambre. Elle occupe la place. J'ai beau lui dire qu'ici c'est ma tanière. Elle a sa grosse villa, mais elle veut aussi ma petite chambre. Ces gens sont vraiment insatiables.

— C'est comme ça qu'ils s'enrichissent aussi. Ils prennent tout ce qu'il y a à prendre.

— Je ne sais pas, mais quand même ça me fait quelque chose de la savoir dans l'escalier... Ces petits yeux effrayés dans la pénombre.

— Ah, le poète... Je sais à quoi tu penses, Fanfan... Tu crois que c'est elle qui va te payer. Moi, je te dis que tu ferais mieux d'aller chercher le fric, et de me l'amener ici demain matin. Le match nul est à toi, tu vois comme je suis sûr. Si tu me donnes 300 gourdes là tout de suite, je te laisse le reste...

— Tu veux que je te paie avant le match... Bon, tu commences à délirer... Faut que je file, alors... Prépare ton argent...

— D'accord, dis-lui qu'elle peut rentrer...

— T'as tout à coup un petit doute?

— Pas du tout... Tu ferais mieux d'aller voir ta directrice...

— A demain, frère...

— C'est ça, mon vieux, à demain...

LA PEAU

De retour à la table, Mme Saint-Pierre semble encore sous le choc.

— Je pensais que tu t'étais tirée avec ton petit ami...

— Qu'est-ce que tu racontes là ! Il n'est même pas ici... Tu ne pourras jamais deviner ce qui vient de m'arriver, Christina...

— Je ne chercherai pas à le faire non plus...

— Figure-toi que je n'ai pas pu entrer dans les toilettes parce que la nièce de l'ambassadeur Léger était en train de se faire tringler par un type à l'intérieur, lance Mme Saint-Pierre d'un seul souffle.

— Et comment sais-tu, Françoise, que c'était elle ?

— Elle était passée devant nous tout à l'heure... Je l'ai reconnue parce que je suis allée quelquefois chez les Léger. Depuis la mort de son frère, l'ambassadeur ne reçoit plus. Et puis je la vois souvent jouer au Cercle.

— C'est vrai qu'elle joue très bien au tennis, mais elle est un peu trop agressive. C'est une fille très orgueilleuse... June la bat régulièrement, et ça ne lui plaît pas. A mon avis, elle est meilleure que June, mais le jeu lui échappe totalement dès qu'elle perd son sang-froid... June joue un peu trop là-dessus, je pense... Je trouve que June a tellement changé...

— Écoute-moi, Christina, j'étais derrière la porte, et je les entendais comme je t'entends là. Je ne pouvais pas bouger! Je ne savais pas qu'on pouvait tout entendre comme ça... Je frémis rien qu'à l'idée de tout ce que j'ai pu dire moi-même dans les toilettes...

— Tu entendais quoi, Françoise?

— Tout... Tout, tout, tout... Tout, je te dis...

— C'est ça qui t'a énervée à ce point! Je te sens vraiment à cran ces temps-ci! Tu ne serais pas un peu jalouse par hasard?

— Pourquoi le serais-je? Je n'ai même pas vu le type. Je ne sais pas à quoi il ressemble.

— Il a dû sortir des toilettes à un moment donné, Françoise...

— Tu crois que j'allais attendre qu'ils finissent... J'ai demandé à Gérard de me prêter la clé de sa salle de bains, et je suis montée à l'étage... Honnêtement, je ne les ai pas vus, mais j'ai tout entendu. C'était vraiment dingue! J'avais l'impression qu'il l'égorgeait. Des cris vraiment terribles, des sons dont j'ignorais complètement l'existence.

— D'après moi, il l'enculait...

— Oh! cette fille n'a vraiment peur de rien. Avec tous ces gens ici...

226

— C'était peut-être le seul endroit disponible dans les parages, tu ne penses pas?... Quand on est en manque, j'imagine que n'importe quelle pièce fermée fait l'affaire... Les gens se cachent dans les toilettes pour se doper, j'en ai même vu ici, alors je ne vois pas pourquoi ils ne baiseraient pas là...

— Je ne suis pas d'accord, Christina... Quand on cherche vraiment, on finit toujours par trouver. Elle a sûrement une amie dans le coin...

— Supposons qu'ils étaient venus pour manger tranquillement, et puis tout d'un coup... Au fond, c'est pas loin d'une envie de pisser, ce truc...

Regard à la fois aigu et effaré de Mme Saint-Pierre.

— Mais on n'est pas des animaux! J'espère que ce n'est pas mon cas, murmure-t-elle très vite...

— Ça, tu ne le sauras jamais, Françoise... Seuls les autres seraient en mesure de te le dire, mais tu peux être sûre qu'ils ne le feront pas. J'ai tout de suite remarqué qu'ici on parle de tout, sauf de ce qui touche vraiment les gens. Et surtout jamais à la personne concernée.

— Je ne passerai pas ma vie dans un milieu où j'ai vraiment l'impression d'étouffer. Tu sais, il y a des choses que j'aime ici, mais je trouve tout ça vraiment fermé. Ils sont tous cousins. Chacun passe la balle à l'autre. Ils font des affaires entre eux, jouent entre eux et font même des enfants entre eux. Les maris trompent leur femme avec la sœur de celle-ci. Les femmes couchent avec leur beau-père. Finalement tout le monde couche avec tout le monde.

— C'est ça le Cercle, Françoise. Je n'y vais presque plus...

— Dès mon arrivée ici, on m'a avertie que Jacqueline Widmaier organisait des sauteries soi-disant intellectuelles où l'on pouvait rencontrer de jeunes artistes qui venaient des quartiers populaires. En fait, elle s'était constitué une sorte de harem. Elle entretenait de très jeunes gens (des peintres, des musiciens ou des poètes). Tout le monde sait que Jacqueline n'est pas plus mécène que toi et moi, mais on fait semblant de se pâmer aux concerts ou aux vernissages qu'elle organise une fois par mois... Je ne t'y ai pas souvent vue, je dois dire...

— J'y allais au tout début, mais dès que j'ai eu compris le principe, je n'y ai plus mis les pieds...

— Si je pointe le nez de temps en temps au Cercle Bellevue, c'est uniquement parce que j'ai un rendez-vous ou que Harry a un match important... Il tient absolument à ce que j'y sois... Ah! la vanité de nos maris!

— Tu vois cette femme, à la table près de la fenêtre?

— Non... Ah celle-là!... Jamais vue avant...

— C'est une journaliste française... On m'a raconté une histoire incroyable à propos d'elle... C'est une amie de Jacques Gabriel qui me l'a racontée. Elle aurait participé à un mariage vaudou sans savoir que c'était elle la mariée. Et Legba, le marié. Tu as bien compris : Legba. Je ne sais pas si tu vois ça : une journaliste parisienne qui vient faire un reportage à Port-au-Prince, et devient l'épouse d'un dieu vaudou. Quel pays! C'est pour ça que je suis toujours ici. On peut être découragée à vouloir se pendre, et brusquement tu tombes sur un pareil truc! Dans quel autre pays on verrait des dieux épouser des mortelles?

— Et qu'est-ce qu'elle fait maintenant?

— Rien... Il paraît qu'elle n'arrive plus à quitter l'île depuis... Chaque fois qu'elle doit partir, il y a un truc qui l'empêche de prendre l'avion... Jacqueline m'a dit qu'elle se pose toutes sortes de questions en ce moment à propos de sa vie à Paris. Elle ne sait plus si elle veut y retourner ou pas. Les dieux du vaudou peuvent changer le cours de ton existence. Ça ne doit pas être différent des dieux des autres religions, sauf que ceux-là agissent directement et instantanément. T'as tout de suite la réponse à ta question.

— Seigneur! tu en sais des choses!

— J'avais suivi, il y a quelques années, des cours sur le vaudou à la faculté d'ethnologie avec le Dr Louis Mars...

— Tu ne m'en as jamais parlé! Regarde, elle s'en va la fille... Qu'est-ce qu'elle fait dans la vie?

— Elle travaille pour un grand hebdomadaire parisien, voyage beaucoup, écrit des romans branchés, visite les musées, les galeries et les petites boutiques de Paris, tu vois ce que je veux dire, mais là elle doit trouver tout ça assez insipide. Bon, elle n'est pas la première. Je connais une Anglaise aussi à qui il est arrivé à peu près la même chose. Les hommes ne l'intéressaient pas, elle quitte Londres pour des vacances ici avec mari et enfants, arrive avec toute la smala, perd complètement la tête pour le premier paysan qu'elle croise, et décide de vivre avec lui...

— Tu connais des gens, toi!... Tu devrais en faire un petit livre... C'est très drôle...

— Je veux t'avertir seulement, ma chère, que ce n'est pas un pays qu'on quitte facilement. J'en suis moi-même la preuve. Au début, c'est encore possible, mais après deux ans seulement, c'est déjà trop tard. On dirait du sable mouvant : on s'enfonce encore plus si on essaie d'en sortir.

Christina fixe une mouche verte qui tente mille stratégies pour arriver à boire dans le verre sans se noyer (ses fines pattes touchent déjà l'eau), tandis que Mme Saint-Pierre regarde encore droit devant elle. Les deux femmes restent un long moment sans parler.

*

Le garçon vient déposer sur la table une douzaine de cuisses de poulet dans un petit panier d'osier. Christina signe l'addition. June vient d'arriver. Elle salue sa mère et Mme Saint-Pierre, enveloppe quelques cuisses dans un napkin qu'elle apporte avec elle.

— Qu'est-ce que tu fais?

— J'ai un match tout à l'heure... Tu pourras passer me prendre plus tard au Cercle?

— Non, chérie, je dois faire quelques courses avant de rejoindre ton père.

230

— Mon père! Qui peut savoir où il est maintenant? fait June avec cette moue désabusée.

Christina se mord légèrement la lèvre inférieure. Mme Saint-Pierre attrape une cuisse de poulet qu'elle croque instantanément, ce qui l'aide à faire semblant de n'avoir pas entendu la remarque de June qui embrasse à l'instant sa mère et salue Mme Saint-Pierre avant de filer vers la porte.

— Christina, tu ne m'as pas l'air bien!... Qu'est-ce qui se passe? C'est June?

Jacqueline Widmaier, suivie de son jeune musicien, les salue en passant.

— Depuis quelque temps, June est constamment irritable...

— Christina! Ne me dis pas que June est enceinte!

— Non, tu veux ma mort... C'est à cause de ce jeune homme qui travaille à la maison... Moi, je ne sais plus quoi faire...

— Qu'est-ce que tu racontes là, Christina, c'est un domestique!

— En même temps, je me dis que c'est aussi un homme, et si c'est lui qu'elle choisit...

— Non, non, je ne peux pas te laisser faire ça! C'est pas possible!

— Ne t'inquiète pas pour June, elle a l'air timide comme ça, mais c'est une fille très forte. Si je lui interdis la moindre chose, elle va foncer droit dedans.

— Je comprends bien ça, Christina, mais c'est TA fille... Elle ne peut pas avoir une relation avec ton domestique. Ça se fait pas!

— C'est ma faute... Je ne me suis pas occupée assez d'elle. On a vécu sans aucune règle. Le temps qu'on a passé à Port-au-Prince, c'était pour moi comme une récréation sociale. Je me suis mise au repos. On vit à New York dans un monde tellement réglé sur tous les plans. Tout est organisé. C'est une vraie jungle, je passais mon temps à dire à June de ne pas sourire aux gens dans le métro, de faire attention à ci et à ça. Et là, on arrive à Port-au-Prince. On trouve cette villa magnifique dans un joli quartier. Des gens sympathiques nous invitaient, chaque soir, à dîner. Alors j'ai baissé la garde. J'ai élevé ma fille comme une sauvage. Pour elle, un homme est un homme.

— Les gens d'ici sont très sensibles à cela...

— Que dit Harry?

— Tu es folle? C'est un impulsif! Il serait capable de tuer le jeune homme.

— Et pourquoi tu ne le renvoies pas?

— Tu sais, j'ai vraiment peur de la réaction de June... Elle serait capable de le suivre, alors que là j'ai encore un peu de contrôle... Je n'ai même pas osé lui en parler... Des fois, je me dis que toutes ces histoires de classes sociales c'est de la vraie merde... Pourquoi ce serait mieux qu'elle baise avec un petit con qui a un nom? De toute façon, je ne distingue vraiment personne ici. Pour moi c'est un tout. Juste des Haï-tiens. Alors lui ou un autre?

— Au fond, tu es raciste.

Elles rient toutes les deux. Le garçon apporte l'addition. Petite bagarre pour savoir qui règle. C'est

Mme Saint-Pierre qui paie, cette fois-ci. Atmosphère subitement gaie. Qui va donner le signal du départ. On traîne un peu après avoir épuisé tous les sujets, déballé tous les secrets de la semaine. On a déplacé le poids de la vie afin de retrouver la légèreté de l'adolescence.

— Je devrais me remettre au tennis, je crois.

— Moi, j'ai vraiment, vraiment envie de changer de vie. Ça ne t'arrive jamais de croire qu'il y a une autre vie qui t'attend ailleurs, que tu n'es pas dans la bonne maison, ni la bonne classe sociale...

— Ni le bon siècle... J'ai toujours rêvé de vivre à l'époque de la Renaissance... Ah! les fêtes, la conversation brillante, les arts, les grands mécènes, Venise...

— Tu sais, j'ai connu une fille à l'université. Tout ce qu'il y a de plus wasp. Très Manhattan. Eh bien, elle est arrivée ici avant moi. On s'écrivait. Quand Harry a eu ce poste, je lui ai tout de suite écrit, et c'est elle qui m'a poussée à venir. Dès mon arrivée, j'ai voulu la voir. On m'a appris alors qu'elle n'est pas restée longtemps à Port-au-Prince, qu'elle est allée dans l'Artibonite, un département... Les rizières...

— Je connais, dit Mme Saint-Pierre. Mon mari était agronome...

— C'est là qu'elle a rencontré un paysan et, depuis, elle vit dans un village avec son mari et son fils. Elle plante du riz. Tu t'imagines, c'était une fille très branchée qui passait ses journées au musée, tou-

233

jours au théâtre, concert, et tout. Je suis vraiment impressionnée par les gens qui arrivent à faire de pareils changements. C'est un 180 degrés. Tu t'imagines!

— C'est vrai qu'il y a quelque chose dans ce pays... C'est peut-être le vaudou, je ne sais pas. Tout semble possible. On a l'impression de vivre parmi les dieux.

— Ne te retourne pas tout de suite, Françoise...

— Quoi?

— Il y a un mince jeune homme qui te regarde depuis un moment.

Françoise se fige.

— Où est-ce qu'il est?

— Près de la porte...

Elle se retourne vivement.

— C'est lui, siffle-t-elle.

— C'est ce que je pensais!...

Françoise serre le napperon dans son poing pour empêcher ses mains de trembler.

— Mais tu trembles, Françoise! Seigneur! Et tous ces gens qui sont là! C'est pas le bon jour pour un pareil truc... Bon, va à la toilette, je vais lui demander de partir.

Ce cri.

— Non! Tu es folle ou quoi!

Les gens se retournent. Elle baisse immédiatement le ton.

— Excuse-moi, Christina... C'est moi qui perds la tête.

— C'est ce que je vois... Réfléchissons calmement...

— J'y vais.

— Non, attends... Je t'accompagne... Ça m'étonnerait que tu puisses traverser la salle dans cet état...

TRAFIC

L'Hibiscus est pratiquement vide depuis deux jours. Il ne reste qu'Albert et deux jeunes serveuses en uniforme. Les touristes, envolés. Ellen fut la dernière à quitter l'hôtel (visage fermé, lunettes et petite robe noires). C'est Albert qui l'a accompagnée à l'aéroport. Ce lourd silence tout le long de la route, qu'elle n'a rompu qu'avant de passer devant l'agent d'immigration. Elle voulait savoir quelque chose à propos de la dernière remarque de l'inspecteur.

— Il a dit, l'inspecteur, qu'un touriste ça ne meurt jamais.

Long silence.

— Qu'est-ce que ça veut dire, Albert?

— Je ne sais pas, madame.

— Pour une fois, appelez-moi Ellen, s'il vous plaît.

Albert tourne enfin les yeux vers cette bouche tordue qui lui parle depuis un moment.

— Au revoir, Ellen.

— Adieu, Albert.

Albert regarde un long moment la nuque raide de Ellen. Elle n'aime pas ce qui l'attend, c'est évident. En fait, c'est son passé qui l'attend.

*

Depuis ce matin, Sam est en conciliabule avec Mauléon. Ce vautour de Sam qu'on ne voit quelque part que s'il y a déjà un cadavre. Sans faire dans le drame, Mauléon sait que le cadavre c'est ce vieux rêve qui l'a empêché de crever à New York. Aujourd'hui, son rêve pue. C'est pour cela qu'il a Sam dans les jambes depuis deux jours. Et aujourd'hui, il lui fait cette offre inacceptable. Mauléon essaie de se défendre, mais Sam le tient à la gorge. Il ne peut plus bouger. Sinon, il peut encore tout perdre et aller en prison (le dernier choix qui lui reste). La sensation que son cerveau est constamment traversé par cette douleur lancinante. Puis, brusquement, c'est l'accalmie. Comme s'il se retrouvait dans l'œil d'un cyclone. Une paix céleste. Musique divine. Et pendant une trentaine de secondes toute sa force lui revient, et le voilà qui se remet à rêver à la possibilité de garder l'Hibiscus. Ce qui, dans le contexte actuel, est une pure folie.

— Tu vas voir, Mauléon, ça prendra un moment, mais je remettrai tout ça en bon ordre. Je te l'avais dit, c'est un marché volatil, l'hôtellerie. Ne te blâme surtout pas, tu as fait l'impossible... Je serai obligé de changer le nom de l'établissement, comme tu sais. J'ai pensé à un nom anglais comme « Yellow bird », c'est le titre d'une jolie chanson folklorique que Harry Belafonte avait popularisée dans le bon temps. Qu'en penses-tu ? Je ne pourrai pas garder non plus ton personnel. J'ai déjà trop de gens au Marabout. Par contre, j'ai besoin d'un homme de confiance pour ici. Et je ne vois personne d'autre que toi. Je serai plus souvent au casino ou au Marabout dans les prochains mois, et aussi j'ai un chantier à Delmas qui me bouffe tout mon argent. Tu auras la haute main ici. Je te connais, Mauléon, et je sais que tu es un homme intègre. Qu'en penses-tu ?

— Merci, Sam, dit Mauléon la gorge toute nouée... Je ne sais pas encore ce que je vais faire...

— Tu ne vas pas retourner à New York quand même ?

— Je ne sais pas... Je ne sais plus rien...

— Ne sois pas découragé, Mauléon... Tu es un homme solide... Accepte mon offre... On fait ça là, et après je te laisse en paix...

Mauléon sourit à entendre Sam. Il sait que ce vieux requin n'ajoutera pas un dollar à son offre.

— Écoute, Sam, un patron ne travaille jamais pour un autre patron... C'est le juge qui me l'a appris...

— Quel juge ?

— Le juge Mauléus, mon père.

— Ah, Mauléon, l'époque de ton père est terminée... Ce n'est plus la même chose. Le pays a changé.

239

Il te faut survivre. C'est dur un homme sans travail. Il n'y a rien de mal à travailler pour moi. Tu as bien travaillé pour tant d'autres à New York.

— Sam, tu sais, cette terre, elle appartient à notre famille depuis l'indépendance de ce pays. C'est le général Pétion qui en avait confié l'exploitation à mon aïeul. Et là, je suis en train de le vendre. Mais s'il y a une chose que je ne ferai pas, c'est de travailler ici comme employé. Jamais je ne serai un subalterne sur la terre des Mauléus.

— Vous autres les Haïtiens, vous êtes trop orgueilleux, c'est ça qui vous empêche de progresser...

— Je n'en disconviens pas... A mon âge, on ne change pas, Sam...

Sam rit à gorge déployée. Un rire gras.

— Bon, il ne nous reste qu'à nous serrer la main... Vous êtes toujours le bienvenu ici... Vous prenez un verre ?

— Je ne bois pas.

— C'est quand même un moment important...

Un temps.

— D'accord, je prendrai une goutte...

— Albert, lance tout d'un coup le vieux Sam, apporte-moi deux verres et une bouteille de rhum...

*

Harry vient d'arriver avec un groupe de jeunes femmes haïtiennes. L'équipe de Tanya. Ils vont s'installer à l'autre bout, pas loin de la mer, là où on peut se faire mouiller les jambes par de fortes vagues. Elles se déchaussent d'ailleurs en riant.

On assiste déjà à une sorte de révolution. Au lieu d'une nuée de femmes blanches d'âge mûr entourant un jeune éphèbe noir, ce sont plutôt de jeunes négresses accompagnant un homme blanc d'un certain âge.

Une serveuse s'approche.

— Bon, on veut de la grillade, beaucoup, et une bouteille de « sellé-bridé »...

La jeune serveuse n'eut pas le temps de réprimer un geste d'étonnement.

— Qu'est-ce qu'il y a? demande Harry.

Elle se met à rire. Harry sourit. Les filles autour de la table poussent des cris aigus chaque fois qu'une forte vague atteint leurs chevilles.

— J'ai dit quelque chose qu'il ne fallait pas?

— Non, monsieur... J'ignorais que les Blancs connaissaient le « sellé-bridé ».

— Je suis haïtien...

La jeune serveuse se met à rire. Tanya se retourne, comme piquée par une guêpe. Harry est en train de faire la cour à cette petite crève-la-faim. C'est le problème avec les Blancs. Faut toujours les surveiller, car dès qu'il s'agit de Noirs, ils ne peuvent pas croire qu'il puisse exister une sorte de hiérarchie sociale. Une serveuse ou une héritière, ils s'en foutent. C'est un racisme inclusif. Tout le monde est égal et on accepte tout le monde. Au fond, on ne s'intéresse à personne.

— J'ai soif, lance brusquement Tanya à la jeune serveuse, va me chercher une coke... Vite, vite, vite... Qu'est-ce que tu attends?

— Je vais prendre la commande de tout le monde, une fois...

— Quoi? Tu m'insultes? Je t'ai dit une chose, et tu me réponds autrement... Tu vas me chercher une bouteille de Coca-Cola, et tu reviendras pour prendre les autres commandes.

— Ce serait plus simple, commence Harry, si...

— Toi, contente-toi de payer, jappe Tanya...

Harry se tait. La serveuse retourne vers le bar.

— Ne me refais jamais ça, toi... Tu es avec moi ou avec elle? Je peux m'en aller si c'est ça que tu veux, mais tant que je suis à cette table, c'est pas elle qui décidera...

— Vous, les Haïtiennes, vous êtes dures entre vous...

— Et vous les Américains? Quand ta femme est au Cercle Bellevue, c'est elle ou la serveuse qui commande? Est-ce que tu oserais draguer une serveuse en sa présence?

Tanya vient de remarquer son erreur. Ces types draguent constamment sous le nez de leur femme. C'est leur sport préféré d'ailleurs. Le rire de Harry remet Tanya de bonne humeur.

*

Albert mettait encore de l'ordre dans ses comptes quand l'inspecteur est arrivé.

— Ça y est?

— Oui, c'est vendu ce matin, répond Albert sans lever les yeux du fameux cahier marron.

— Je viens de voir Sam... Et toi?

— Je retourne au Cap. Ma mère est très vieille maintenant. Elle vit avec ma sœur depuis la mort de mon père. Je vais les retrouver. Il y a du travail à faire là-bas. La maison s'est délabrée un peu. Le toit est à refaire. Et puis j'y ai encore de vieux amis.

— Vous autres de la province, je vous envie... Vous pouvez toujours retourner dans votre enfance...

— C'est pourtant ici dans cet hôtel que je voyais ma vie... Sinon, je pensais être marin. J'adore la mer, les pays étrangers, les langues. C'est vraiment quelque chose que j'aime... Au fond, cet hôtel c'est le bateau que je n'ai pas pris... Où en est ton enquête?

— Tout le monde est parti... Je ne suis plus dans la section de Recherches criminelles.

— Qui t'a remplacé?

— André François, tu sais, celui qui avait...

— Je le connais très bien... Et où es-tu maintenant?

— On m'a envoyé aider Yves Nelson au ministère du Commerce. J'ai déjà travaillé avec Yves. C'est un homme intègre, mais moi, j'aime bien prendre mon temps pour mener des enquêtes. Le chef m'a dit dernièrement que, s'il me laissait faire, je serais capable de les conduire tout droit à la faillite. Je ne vois vraiment pas ce qu'il veut dire par là. Je gagne un salaire

243

de misère, et je mène ces enquêtes pratiquement à mes frais.

— Tu ne prendrais pas un rhum? C'est le dernier que je puisse t'offrir...

— Bien sûr... Et merci, vieux frère...

L'inspecteur regarde un long moment le liquide doré dans le verre. Le soir commence à tomber. Un soleil rouge glisse doucement dans le golfe de la Gonâve.

— As-tu déjà mené une enquête à terme?

— Qu'est-ce que tu veux dire par là?

— As-tu déjà arrêté quelqu'un à la fin d'une enquête?

Silence. Seconde rasade de rhum.

— Maintenant que tu m'y fais penser, non. Je n'ai jamais trouvé de coupable... C'est difficile quand on mène une enquête vraiment à fond de trouver un coupable. J'ai rencontré des coupables au cours de mes enquêtes, mais ce n'était pas ceux que je cherchais.

— Tu les as arrêtés quand même?

— Non... Ce n'est pas dans mon code d'éthique. Je sais qu'il y a des chercheurs qui font des découvertes en cours de route, mais j'ai du mal avec ça...

— Tu veux dire qu'ils ne devraient pas tenir compte de ces découvertes?

— D'après moi, oui.

— Et si ce sont des découvertes qui pourraient aider, comme Fleming par exemple quand il a découvert par hasard la pénicilline?

— Si ce n'était ce qu'il cherchait, il ne devrait pas en tenir compte. Je parle d'un strict point de vue moral...

On entend, de l'autre côté, le rire gras de Harry suivi de ceux aigus des filles chatouillées.

— C'est la nouvelle clientèle?

— C'est un ami de Sam...

— Je le connais, dit l'inspecteur... C'est le consul américain. Yves m'a parlé de lui. Il est dans un trafic de passeports avec toutes sortes de voyous qui lui refilent des filles. Yves est allé deux fois à son chalet, à Mariani.

— Si tu avais des preuves flagrantes de cette histoire par exemple, tu veux me dire que tu n'en tiendrais pas compte?

— Je ne suis pas dans le service des mœurs, c'est plutôt Gérard Henry qui...

— Mais tu m'as dit que c'était un trafic de passeports...

— Je m'excuse, je voulais dire de visas... J'ai dit à Yves qu'il n'y a là rien d'illégal. Un consul a le droit d'émettre des visas. C'est son problème s'il veut ouvrir la porte de son pays à tous les voyous de Port-au-Prince. Du moment que ce n'est pas le contraire...

— Le contraire?

— Si quelqu'un s'amuse à distribuer des visas pour Haïti à tous les délinquants de New York, là je pourrais intervenir... Pour moi, tout ce qui se passe au chalet est privé... Bon, faut dire honnêtement que je préfère les cas un peu plus compliqués.

— Et maintenant que vas-tu faire? demande Albert.

— Je ne sais pas... Je vais faire un temps avec Yves au ministère du Commerce, et si je vois que ce n'est pas mon truc, j'irai tenter ma chance à Montréal. J'ai un cousin là-bas...

— Tu es encore assez jeune pour envisager une pareille aventure... Moi, je rentre à la maison...

LA CHAIR DU MAÎTRE

Je suis allé prendre le café chez cette dame dans le chic quartier de Debussy. Coin boisé. Maison discrètement cachée derrière un fourré de bougainvillées et d'hibiscus. Vieille famille bourgeoise dont l'origine remonte à l'époque coloniale. Nous étions tranquilles assis sur la véranda. Une brise légère. Le soir tombait lentement.

La vieille servante s'amène avec le café en traînant les pieds. Un bruit mou, sans consistance. Le temps s'étire indéfiniment. Je pense aux montres molles de Dali. Je jette un bref regard dans la grande pièce. Le portrait (à l'huile) en pied d'un couple étrange, près de l'escalier. Un grand nègre à côté d'une jeune fille blanche. La vieille dame, en face de moi, a perçu mon léger étonnement, peut-être même s'y attendait-elle.

— Ce sont mes ancêtres, dit-elle du ton détaché de quelqu'un qui a dû raconter cette histoire un certain nombre de fois déjà...

— Ah bon! fais-je en cachant mon émotion cette fois-ci.

— Lui, c'est un ancien esclave, et elle, la fille du maître. Je crois que c'est l'un des rares couples légitimes de ce genre, ajoute-t-elle avec une certaine gravité.

— Donc, ils se sont mariés?

Elle me regarde avec un sourire en coin.

— Bien sûr.

— Et c'est lui qui a séduit la fille du maître, j'imagine.

Elle sourit de nouveau.

— Non, c'est elle.

Je jette un second coup d'œil sur le portrait. L'homme a un port digne. La jeune femme, ce sourire avisé que je viens de remarquer deux fois de suite sur le visage de la vieille dame assise en face de moi.

— D'après une légende familiale, continue-t-elle, elle l'aurait vu de sa fenêtre. Sa chambre se trouvait à l'étage. Lui, il était en train de travailler au moulin à cannes. J'imagine torse nu, et en sueur. Mon aïeul était un homme très musclé. Et c'est à cette seconde qu'elle aurait ressenti comme une très forte douleur au bas-ventre. Le déclenchement, si l'on peut dire, de cette terrible passion physique. Une passion obscène. Elle en était malade. D'autant qu'elle devait cacher ce sentiment démesuré à tout le monde. Une passion interdite par le code napoléonien. De toute façon, on ne peut pas empêcher un cœur d'aimer. Surtout un corps. Un corps, c'est pire encore qu'un cœur, Fanfan. Ne pouvant plus résister, elle est allée le trouver, un soir, dans sa case. Il paraît qu'ils se sont battus toute la nuit. Il lui résistait. Elle était déchaînée. Cette jeune fille si délicate. Elle pleurait. Elle le griffait à la poitrine, elle le frappait au visage de toute sa force, elle l'insultait, elle mendiait une caresse, elle quémandait un baiser, elle le menaçait de hurler et de faire croire qu'il tentait de la violer, elle pleurait de nouveau toutes les larmes de son corps, elle se déshabillait, elle le suppliait, elle le suppliait, elle le suppliait de la prendre. Lui, il n'était pas insensible à la luminosité de ce fragile corps blanc, si rare dans la case d'un nègre, mais il savait aussi que s'il cédait, c'était la mort qui l'attendait au lever du jour. Plus il résistait, plus son désir à elle se faisait violent. Finalement, un peu avant l'aube, il entra en elle, et elle hurla tout en enfonçant son poing dans sa propre bouche. Il s'est endormi sur elle tout de suite après.

— Et c'est ainsi qu'on les a surpris?

— Non... Elle s'est réveillée quelque temps plus tard avant lui. Et ils se sont enfuis. Ils n'ont pas pu aller bien loin. Imaginez : un esclave et une jeune fille blanche. Le maître a voulu le tuer de ses propres mains, mais elle a menacé de se poignarder si on touchait à un seul cheveu de sa tête. Deux jours plus tard, il s'est sauvé, seul.

— Et on l'a repris?

— Non, entre-temps d'autres événements plus graves sont arrivés... La guerre d'indépendance a éclaté. Saint-Domingue s'était transformé en un immense brasier. Dessalines était devenu général en chef de l'armée indigène. Mon aïeul commandait la vingt-deuxième demi-brigade, dans le nord du pays. Le général Dessalines, comme tu le sais, a mené la guerre jusqu'à la bataille finale. L'armée napoléonienne complètement mise en déroute. Gloire. Saint-Domingue est devenu Haïti, le 1er janvier 1804. Mais quand plus tard, Dessalines a ordonné le massacre général des Français, mon aïeul a vivement intercédé auprès du général en chef pour qu'il épargne la famille de sa belle. Dessalines a longuement hésité, puis il a accepté, sûrement à cause du comportement héroïque de mon aïeul durant la dernière bataille, à Vertières. La famille a quitté Haïti sur le premier bateau en partance pour la France, mais la jeune fille a voulu rester pour vivre avec lui. Jolie histoire, n'est-ce pas ?

— Très jolie.

Soudain, la vieille dame éclate de rire.

— Sais-tu ce que le général Dessalines a dit à mon aïeul, en lui remettant la jeune fille dont il venait d'épargner la famille ?

— Non.

Elle se met à rire de nouveau.

— Il lui a dit : « Tu aimes bien la chair du maître. »

— La chair du maître ?

— C'est ainsi qu'il a désigné la jeune fille... Curieux, non ?

— En effet.

— Au fond, conclut-elle après un moment, le désir a toujours été le vrai moteur de l'histoire.

— Vous voulez dire l'amour...

— Non, insiste-t-elle, le sexe... Le furieux désir de la chair du maître...

Un long moment de silence.

— Je suis un peu fatiguée, Fanfan...

J'ai pris congé. La vieille servante est venue, en prenant tout son temps, m'ouvrir la barrière. En la franchissant, j'avais l'impression de pénétrer dans un autre monde.

TABLE